爱情号外

匆忙来去的人们，为了做一个恋人，为了得到一个恋人，各自一段忙碌的青春，经营或者怀念……

那些未被你真正入编的爱情，也许才是爱情不曾着装前的模样。

陈翠 ◎ 著

新星出版社 NEW STAR PRESS

▌序▐

爱情，谁是谁的号外？

文：末末

匆忙来去的人们，为了做一个恋人，为了得到一个恋人，各自一段忙碌的青春，经营或者怀念……

本书中的恋人们不在心心相印中相守，而在恍恍惚惚中错位：一凝分明是平楚的恋人，平楚却娶了蔚；蔚爱上了阡陌，阡陌唯一的家里住的是丽；丽是皓的梦，皓的现实只捕捉到丽的影子……

爱情，走在注定要失去的路上：蔚在沉默的爱情里找到自己；皓在失去的爱情里放逐自己；平楚在世俗中，跳着没人看的舞蹈圆满自己；一凝在绝望里，守着一座无人讨伐的空城坚持自己；木村在灰暗的日本开着藏馆，收藏自己……

《辞海》对于"号外"的解释是:"定期出版的报刊,在前一期已出版,下一期尚未出版的一段时间内,对发生的重大新闻和特殊事件,(报社)为迅速及时地向读者的报道而临时编印的报刊,因不列入原有的编号,故名。"

如果爱情、婚姻也有编号,那么在那些秩序井然正襟危坐的编号外,又游离着多少号外?前一期已隆重谢幕,后一期还姗姗未至,在时间的缝隙里,谁是谁的号外?

按部就班的出版物精雕细琢无懈可击,如同浓妆艳抹的爱情、道貌岸然的婚姻,或俗或雅,终归庄严厚重,有迹可寻。临时增出的小张报纸,如同民间的小道消息,影影绰绰,看似喧哗,总是散落一地,随风各各。经常与偶尔,从容与倏忽,孰重孰轻看似了然。

无数人熙熙攘攘地在婚姻的编码里不断地重蹈覆辙,宛若电脑里0与1的闪烁,幻化出万象,只是电源一灭,注定要偃旗息鼓。真相实则寂寥——不尽卑微,无穷荒凉,兀自坚持,只是奔赴一场孤独的盛宴。然而"号外",往往却是重大消息或特别报道的承载。终其一生,回望,你的"号外":通常简洁明快具有超强震撼力——那些未被你真正入编的爱情,也许才是爱情不曾着装前的模样,赤裸着毛发,披挂着汗滴,散发着动物本源的芬芳,如风中翻飞的纸屑,掠过盛大的喜悦,磅礴的悲伤,别致的惆怅。羽翼上扑腾的最无力挣脱的纠结。

本书行文简洁,叙述淡雅,故事如同王家卫的电影,没有来路不知去向,随意从哪一页翻开都会吸引你迅速坠入,某种情绪，某些思想。

　　无论如何，如题，这不是一个有关婚姻的故事，甚至也不是一个建设性的故事；它怀揣真相却神情淡漠，它满腔激情却不动声色——爱情是人类天生的信仰，支撑着每个人毕生的行走，越虚无越虔诚，却无可抵达。

马上沉眠，梦残、月远、茶烟。

——（日）松尾芭蕉

目录

Chapter 1 ▎野骏

一凝觉得自己是没有来历也没有去路的

在时光里出没

而平楚是鲁滨逊荒岛上的木牌

一道道刻着存在

他是她的参照

他在电话里极轻地说："我们就这样一辈子好不好？"

她无语。"一辈子"岂是这样轻易说出口的。不是不愿，是知这世界原是没有啊。

从小到大，经历了太多的付出，每次都期待它"一辈子"。

最终还是相忘于江湖了。不是与那些爱过的人、物。

而是与自己的初衷，两相淡漠。

人心善良，更脆弱，若不善忘，便要变成蜗牛，将那些伤伤痛痛，纠纠缠缠，旋成一圈圈，一团团，载在肉身上，一辈子匍匐着，不得飞扬了。

不知这是人的聪明还是缺失。

她不爱他，却也容了他。

他不见得爱她，却口口声声说想她。

这就是人吧。懂得妥协，懂得在没有绝对的世界里以些许温热来宽慰自己和他人。

他后来似乎还这样对她说过一次。与婚姻无关的期待。

他的方式是承诺。可是她的心智告诉她，那就像是写在水面的字，化了就化了。

感动，但无须当真。

她是不要婚姻的。他是知道的。

他是平楚。登高望远俨然平地的丛林。俗字里有开阔气象。

她是一凝。分明惊鸿一瞥，浮云流水各各散去。却偏要聚神凝望，徒然要记下些什么。

平楚的世界始终安稳，因为是一凝。

她已习惯独行。漫游在很长的路上。冷看穿行时划下的血痕。

随手掐一片叶子嚼碎捂住，或者四散敞开，风干结痂。

像是远洋航船上附着的贝类，遗忘别人也遗忘自己，在岁月的水流里若无其事地覆上青苔。

平楚的城市，熙熙攘攘。

是要这样的城市才能安顿平楚。他是盛世的焰火，与满目的繁华相得益彰。

一凝从清凉的地铁口出来，骤然触到满目的阳光，还有森林般的楼丛。

她眯缝着眼，像是晨起的猫，慵懒却机警。

阳光下的约会像是不慎曝光的照片，给人一种失真的感觉。

像一朵金色的扶桑花，摇曳着长而参差的花蕊，在书城门口看到他，她轻盈地向他飞去。

车流穿梭，停下，人群由四方汇至，如蝗，似蚁。

他如一沙粒。群沙漏尽，她的身旁只有他。

平楚尾随一凝，几分惶然走进了书城。

他的惶然与他的自信并不矛盾。

在人群中，他是满目清朗的，如今略带拘谨，是为着她。

一凝却因身边多了个他而旁若无人起来。

在找书时，一凝便忘了现世的一切。

看到喜欢的书在高处，她径自向上一攀，书便到了手。

硬而小的开本，一色紫的封面，细墨线流畅地旋出"夏夜十点半钟"的法文，再无他字。

玛格丽特·杜拉斯。

随手翻开就看到杜拉斯式简洁又绝望的句子。

"在这座城里，没有地方做爱……

他们将忍受饥渴，在这个适于爱情的夏夜里……

闪电继续将他们欲念的形式照得通亮……"

——妻子玛莉亚不动声色，闻着空气中背叛与欲望的气味。

没有谁能像杜那样写得如此隐而不发又丝丝入扣。疯狂至极的淡定。

平楚在另一隅看书。兜了一圈，竟又相见了。

"喂，我要那本。"腋下夹满书的她拽了拽他衣袖。一伸手，书便塞到她手上了。

跟她喜欢过的所有的男人一样，平楚是高大健硕的。

她喜欢形体美的男人。赏心悦目。

男人不是用来深究的，多数男人是没有思想的，或者说是女人需要的那种深刻。

钻得越深，就越让自己狼狈，狼狈那种思想上的不对等。

悦目而舒适，就像是当令的软皮鞋子，穿出去不至于没面子，也对得起那双脚，仅此而已。

别对男人想得太多。

承载不起女人对他的想象时，是要逃的。

人多得叫人气馁。平楚便不耐烦了。

他的性子急，然而他又是冷静敏锐的，所以在生活中，他成功了。

然而那样的成功，带着几分莽原味，像是赫思嘉的父亲嘉乐，并无高贵的来历。

虽然是可亲的，亦获得了认同。

平楚的人生有着一种朴素踏实的快乐。有俗世的烟火。

一凝尾随平楚进了书城一旁的小面馆。

黑的风扇，硬的凳子，穿着可笑的白衣服的服务生。

极喧嚣逼仄的地方，却因平楚而空亮起来。

他纤尘不沾地看着她，黑色的公文包随手递了过去。

她耐心地把它抱在膝上，连同自己的小皮包。

他的身份是日益不同了，但绅士的风度却是勉强做就的。

认识多年，便全可免了，没有觉得不妥。

看他时，还是多年前那个咋咋呼呼的大男孩。

打完球在校门口的小摊里吃面。吸溜吸溜地吃着。

没有其他成功男人的矫情。

停车场很远。

骄阳似火，他们都在沉默。没有情人的缠绵。

可那沉默却是蠢蠢欲动的，像头顶难得一见的蓝天，随时会有银色的飞机亮晶晶地掠过。

阳光下的共处，他们都有几分羞涩。

城市很大，这羞涩遂隐没在喧哗的车水马龙中。

坐在车上时，清凉凉的空调让人有了几分恬适的倦意。

平楚开始自如起来。问一凝最近的生活情况。

一凝眼前晃过那些从门缝里挤进来的客气而又坚决的账单。

她想起在书城里付款的情形。

他为她的喜好付了款。虽然不多。

这次她忽然沉默不语。连做一下姿态都没有。

这么多年她从来没用过男人的钱。

张爱玲说，用男人的钱，如果是爱他的话，那却是一种快乐，愿意想自己是吃他的饭，穿他的衣服，那是女人的传统权利，即使女人有职业能养活自己，还是舍不得放弃的。

想不到她让这个男人给了她这种"权利"。而她并不爱他。

当然他也是好的。

一凝后来下车的时候平楚还是很小心地嗅了一嗅。虽然她从不用香水。

他是个负责任的男人。他不会伤害另一个要嫁给他的人。

这是一种礼貌。也是现代人必备的素质。

现代人不会把从一而终当做一种美德，却学会了更细腻的尊重。

一凝很尽责地把自己的小物件一一收起。

似乎一切都没有发生。

黑色的车无声地向前行驶，像是武侠片里的野骏绝尘而去。

他们自己臆想中仿佛乱世里的鸳蝴，红尘里的一段交集。

然而现世太平。他们的故事遂庸常得无法入戏。

不是每一段情都可以倾城的，白流苏只是恰逢其时。

高而迂回的立交桥肆无忌惮地在积木般的楼丛中穿梭。

蛮不讲理地掠过许多人家的阳台、屋顶。像是儿童画中随心所欲的叠砌。

某些破败某些富丽纷至沓来又一晃而过，桥与人便各自安生，两不相扰了。

野骏亦随之盘曲回旋，驰骋在没有绿茵的灰色的高原上。

在那些时刻，平楚和一凝总是不约而同地沉默。一些感悟不可名状，时间的背离如匆匆退去的灯柱，让人缄口。

一凝和平楚的时光便有了疏离错乱之感。

遂不堕入评判。

天骤然变黑，大片大片铅灰色的云滚滚而来，天空很低，触到了远处的屋顶。

雨说来就来。哗啪之势如南方的盛夏，干脆热烈。

还是下午呢，雷雨却扰乱了时间，使时间加快了。人心也无端沉寂。

"你怎么啦？"闷声开车的平楚忽然不安。

修长的手指探了过来，在一凝脸上轻捏，又抚抚她的发。

"不，我在想……时间……"一凝听到自己没头没脑的话戛然而止。

　　"还早呢。"平楚一甩手腕，瞄了一眼黑亮的表。

　　窗外是茫茫的晶莹，折射着都市模糊的斑驳陆离，一如水彩画里虚化的光景。

　　黑色的野骏转了一个弯，缓缓驶入酒店。

　　雨却忽然停了下来。阳光照在湿漉漉的地上，流光烁金。

　　下车的时候一凝眯缝着眼，抬头看天，看到时间透过厚厚的云层又显露出来，隐约呈现淡淡的红色。

　　一凝觉得自己是没有来历也没有去路的，在时光里出没。

　　而平楚是鲁滨逊荒岛上的木牌，一道道刻着存在。

　　他是她的参照。

Chapter 2　▎暮寂

她是那种内核布满绝望

内心弥漫悲悯的女子

一个人固守着一座城

她是要那样纯粹的安全

常去的酒店。

穿过高的穹顶下厚软的地毯，电梯前空无一人。

长的走廊，两旁紧闭的门。

无声地行进，只有顶上小圆灯投下的淡淡的影子。

门上有金属色泽的房号。闪着黄铜的光。

平楚在 1607 号门前停住了脚。

一凝蓦然想起王家卫的那列通往《2046》的车。

想起在 2046 房等待深爱的女人、等待幸福时光来临的梁朝伟或者周慕云。

黯然放弃等待的出走，再次回来的遇见——一个个不一样的女人，同名的或者比她更擅长于忘记过去的人，种种似曾相识的情景……

一凝确信每一段人生都只不过是某些记忆的复制。

她确信每一个人都已忘记前世今生，又在刹那当下的依稀如梦的熟悉与陌生里反复徘徊。

造物主懒惰地信手拈来，赋予凝重。

人生遂不至乏味。

而她与平楚的"1607"不过又是哪一个记忆的重现罢了。

透明玻璃落地的浴室。飘着白的帘子。

一凝看到平楚修长的影子在雾气里模糊。淡淡地欢喜。

她喜欢美的男人。像他。当然只是喜欢。与爱无关。

这是个没有爱的世界，只有怜悯、温情、关怀诸如此类。

她伏在床头边风格别致的圆桌上写东西。

平楚裹着雪白的浴巾走了出来，从背后拥住了她。

他用手抚弄她背上的脊骨。她并不瘦，但脊骨却清晰得像是结绳纪事里的绳结。

平楚想起很久前一凝形容她自己的过往。被遗忘的碎玻璃。

他却从那碎裂的晶莹里读出清晰的影像，无限怜惜。

然而平楚的怜惜是不自觉的，因为一凝从不需要，他亦以为没有了。

她的过往里没有他也没有她自己。

就算是拥在怀里，她仍是没有从属的。清澈的目光静静地掠过他的炽热。

这让他迷惑。他是个习惯控制别人的人，可是他无从管她。

电话便响了，是平楚的。艳俗的流行旋律。一如墙上的塞纳的赝品。

是他女朋友的电话。问他婚纱的颜色。

"粉红色吧，我妈喜欢喜庆一些。"沉吟半会儿，他肯定地说。

一凝思索着给客户的计划，那个客户的口味据说很刁钻。

看着她忙碌的背影，平楚有几分心疼。

他从来不叫她停止工作，只是让她别太认真。

他是一个很敬业的人。不工作是难以想象的。

但女子应该例外，至少可以放松一些，他认为。

结婚事务烦琐，任是全能的平楚也偶觉疲倦。

一凝看看他轻轻耸了一下肩。

她莫名觉得他可怜。虽然意气风发的他从不这样认为。

一凝总是悲天悯人。也许并不合时宜。

她是那种内核布满绝望，内心弥漫悲悯的女子。

这么多年所有的伤痛她都自己扛着，扛惯了，便看不得别人有半点委屈。也不忍心。

至于她自己，一个人固守着一座城。她是要那样纯粹的安全。

放下电话平楚就把一凝拥到怀里，很紧，像是怕失去些什么。

他探寻着女人柔软的唇。

二十岁之前喜欢亲吻，后来就失去了兴致。再次有这样的兴致竟是对他。

一凝也有点惊诧。

像是进入一条长长黑黑的隧道，顶上闪过星点的灯光，似火花，但并不灼热。

躲在黑暗中的安全感。原始的安慰。

当躯体深处的快乐如同晌午的太阳光在滚烫烫地迸射时。

暮色骤然降临了。没有开灯，昏暗中，只有呼吸是真切的。

帘子的缝隙里泻进一丝天光，太阳只剩一个白点，落在他逆光的剪影上。

平楚喜欢一凝的沉默。

在余温的氤氲里惬意地翻身入睡，没有琐屑的负疚。

一凝从来知道，当男人夯实女人的身体，女人的耳朵从此虚空。

然而亦无意邀请他到去不到的地方。如果要的仅是相拥时的热度。

她静静地看着男人的背，像一堵墙，隔着凡世的刀锋。

偶栖其下，亦觉安全。

转过身时看到床头的那摞书。

五颜六色的书脊上或雅或俗的名字，黑色烫金玫红杂陈着。

便有一种超越性爱的殷实的欢喜。像是农人挂在窗口的玉米辣子，踏实而喜气。

在两个城市里跑来跑去。

于是认识了那个卖藤艺品的女孩。

旧的牛仔裤，胸前镶着珠片的宽大布衣。大的耳环。

面无表情地听 MP3。

最近几回经过那儿的天桥时总能看到她。天桥很破败了，可是人流如鲫。

那女孩像一尊城市雕塑，面无表情，一动不动。

藤篮，藤几，藤箱，粗犷的质材细腻地编织着，高低错落。

这一幕便可当行为艺术来观赏。

有一回，一凝忍不住蹲了下来。

再站起来时，手上便拎起了几个笑笑筐筐。

她还在住出租屋，却买了一个温馨的家才需要的装饰品。

那个女孩漠然地收了钱，没有奇怪她的不还价。

一凝买东西很少讨价还价。而这样的顾客当然也算不上特别。

那个女孩子似乎地老天荒地站在那儿，没有任何目的，甚至不是为了赚钱。

每次经过那儿一凝总会看看她。她甚至觉得她会懂她。奇怪的女人，奇怪的感觉。

那次走的时候，女孩摘下 MP3 对她淡淡一笑。就这样认识了。

女孩叫丽。很俗的名字。

真正美丽的东西总是以极俗的面目出现。

又最终霸道地让人忘记它的俗，甚至在那份俗中品味出不可取代的意韵来。

后来再熟一些，偶尔去坐车路过，她便会站在丽旁边陪她一起卖东西。没有交流。

两个女孩，漫不经心，漫无目的。像她们的生命。

去见男人不是目的。只是消耗生命的一种方式。

站在街头看人来人往也是一种方式。

况且那是个美丽的女孩。

她喜欢任何形式美的东西。

一凝蛰居的城市似乎很冷清。

从平楚那里回去时常常只有几个人坐在偌大的客车上。

因为位置隔得远，她便以为只有自己一个人。

城市的路途没有什么特别的景致，只是暮色。

灯火次第亮起，那些分明温暖的灯火却冷冷灼伤她的双眼。

她的心还是轻轻抽痛了一下。

一个人回来了。

总是一个人。

她不要他开车送。很短的距离，她坐坐地铁，再换乘客车，路程陡然长了。

她喜欢这种长长的距离感。也喜欢那种忧伤的自虐感。

生命里注定没有爱，再没有痛，便不像活着。

在地铁里可以看到形形色色的人。漠然地。经过她的生命。

一凝忽然想起在地铁里看到的那个男孩。嘴角掠过一丝笑意。

年轻的雄性动物哦。

一凝穿着极高跟的鞋。长的牛仔裤。一头直发披肩，也许会让人以为只有二十多岁。

在那个名字很怪异的站停下来时，只上来一个人，是个男孩。

脏的鞋子，仔裤上有磨穿的洞，深蓝色的T恤下是健硕年轻的躯体。

隔着很远，她仍似闻到年轻时，校园球场边玉兰花的清香。

那个人在另一截车厢。一抬眼，就看到了她。

脸上竟还长着痘，这让她莞尔。

只看一眼她，那人便从另一车厢走了过来，站在她身旁，握住了吊环。

没有搭讪。只是余光里的反复探测。温热的。

她走的时候，那人一直目送着她。透过玻璃的反光，他的脸像是从电影深处走来，俊朗得像漫画里的男孩。她轻笑，门便关上了。

只是几分钟的交汇，倒也荡气回肠。茫茫人海就此隔绝。

一凝三十多岁了。想起便会觉得惘然。

没有种种社会附庸的时候，男人女人其实很简单。

气味。线条。力量。诸如此类的吸引。

动物潜意识的繁衍特质使得偶尔的一瞥里映出莽野的颜色。

原始的眼眸里，传来野茎断裂的声响。

亦是欢喜。

然而城市之间并没有莽原，星罗棋布的工厂散落在昔日的小桥流水间。

平林漠漠烟如织的幽情终无从寄托。

远处天空最后的褚红被深蓝的凝重吞噬。

一颗星如同白渍一样溅在蓝的幕布上，又像是牛仔裤上绽开的小洞。

暮色的一切痕迹终是从天空中彻底消失了。

Chapter 3　❙木梯

若不是这些年的冻结

她自忖没有足够的智慧去拥抱他自私的怀抱

站在行色匆匆的离开与出发中间

一切反而是静止的

但那样的静止往往是为了安顿生活的暗涌

很多年前，初识平楚的时候，没想过要有这一天。

多年后，当平楚抚着她耳边的发轻吻时，他总会叹息。

一凝知道他觉得他们浪费了这些年。

但若不是这些年的冻结，她自忖没有足够的智慧去拥抱他自私的怀抱。

做到波澜不惊。没有伤害。

因为无所求。因为扛得起自己的人生。

"男人只是糖果，以备不时之需要。"

记得林真理子在《三十岁的女人》里轻描淡写地说。

倒不是轻率或者轻蔑。生命个体外的一切原是锦上添花，硬是要赋予它什么意味深长，活着便累了。

一凝并不介入平楚的生活，更不及生命。

平楚不懂她，却也疼着她。因为她是他的女人。

她终于成为了他的女人。虽然一凝并不这样认为。

为着她的淡薄，懂事，从不纠缠他。

即使是在与另一个女子热恋时，平楚仍隔天打电话来，像是难戒的毒药。

不，更像是睡前的红茶。憩睡前的些许亢奋。用以确认，活着，而且精彩。

窃喜着。贪心的人。

把枕头扔进那个敞口藤篮的时候，一凝想起了丽。

那个她见一面就觉得很熟悉的女子。

但分明又是陌生的，削长的脸，过于清晰的五官尽夺了女子的温柔。

凛然地，叫你生出几分肃然来。

这样的女子不是用来疼的，而是用来伤的。

不是你伤她，就是她伤你。没有妥协，没有折中。

她奇怪自己会想起丽。像是一个熟悉的朋友。或者敌人。

一凝在羊皮纸透出的灯光下发呆。脸上被映得姜黄姜黄的。

发呆通常与无聊有关，但丽在天桥上的发呆显然是有内容的。丽是游离于天桥外的，藤艺品与她总归是不相干。

一凝并不能清楚知道，却又是明白的。

天桥连接着地铁站与通向周边城市的汽车站。每一个人路过，都是为了离开。

或者出发。

站在行色匆匆的离开与出发中间，一切反而是静止的。但那样的静止往往是为了安顿生活的暗涌。

一凝的发呆是意象纷乱的，没有指向。像是失灵的收音机，各种声音交叠着。

不相关，却固执地自顾自地言语着。

出租屋是适宜一凝发呆的。

满室空旷，没有桌椅，只一张宽宽的矮几——原是房东院子里的木花架，当年应是摆盆景假山用的。

放着小的笔记本电脑，厚厚的资料夹。

角上一盏旧货市场淘来的羊皮灯。红木镂花的底座。灯一开，室就满了。

圆圆的藤蒲墩围在矮几边，又有一只敞口篮，铺着蓝花的布，一兜的书。

几个廉价的瓷器立在窗台上。墙角一块地毯摊开便是床。

生命亦不过一席之地。

深巷里砖木结构的房子，一住就是几年。当初看上它除了租金便宜，还因为那架露天的木梯直通上二层。来去不必与人敷衍。

上一任房客是曾经的同事，搬走前给了她一个账号，每月里只需定时存钱。

一楼长年紧锁着，房子亦变得像她一样，来历不明的。

木梯有破烂的栏杆，傍晚时坐在台阶上，夕阳会穿过缝隙映在脸上，干干热热的。

冬夜里也可捧一杯热茶，看星点灯火，不为谁，风露立中宵。

孤独便有了凭栏处。

在喝茶的时候，一凝再次想起了丽。无端有些不安。

冷漠是忧伤的外衣。站在熙攘里让喧哗淹没。

伤痛遂隐于市，从而渺小了。

天桥只是丽的一站吧。

茶喝得很凶，睡不着。她爬起来工作。她讨厌工作，可是又依仗工作。

决战完电脑旁大堆的文件后，一凝在夜的凉风中伏案。月色很好，窗台如霜染，冷的白与室里暖的光交错出异样的影来。

窗外的紫荆花树在亮光中有高大而玲珑的身影。

一凝想起自己美丽的母亲。那个高大的女人。

母亲的教诲很少，记得清楚的却是"做你喜欢的事情。"说这话时母亲四十多岁的光景，却仍不妥协。天南海北出没，在她的生命里稍纵即逝。

应该是要怨怼的，一凝却明白且原谅了她。虽然母亲是个不会负疚的人。

在眼皮沉重的时候一凝模模糊糊做了决定。离开那份工作。

醒来时天仍未亮。这是少有的。通常一凝总是在闹钟响过多遍后才不情愿地爬起来。

睁开眼睛，窗外是黎明前墨般的黑。

坐在地上发怔，却听到"咯吱吱"的声音。熟悉的。

平时回来走上楼梯就是这种声音。原来是它扰了清梦。反复的，没有规律。

像是雪地里的轱辘，挣扎而徒劳。

忍不住站到窗边去看。

倒没有恐惧，只是好奇。

木梯上有光星点闪亮。看久了才知道是点着的烟。

后来是连袅袅的蓝烟都看得清楚了。

一个男人靠在木阶上，时而站时而坐。边上有易拉罐装的啤酒。

脖子上有粗的银链，在黑色的立领后时隐时现。

男人弯腰拿啤酒罐，忽然"哐啷"一声，罐子击在楼下的水泥地上，又弹到了紫荆树下的泥地里。

脆生生地响了几下便沉寂了。液体哗然流过，在地上留下更黑的渍。

男人嘴里似乎在诅咒些什么，直起腰的时候一凝看到银链的坠子闪过一道绿光，也许是玉，或是翡翠。这样的搭配是滑稽的。一个男人。

男人却久久不动了，在末一级蜷成一团，也许是睡着了。烟也慢慢熄了。

兴许是个路过的酒鬼。

一凝没在意又躺了下来。天边已有了淡淡的白光。

迷迷糊糊又睡着了。

天亮上班的时候，推开门就看到楼梯上的烟蒂。恍然记起夜里的事。

下楼的时候又听到木梯"咯吱吱"的呻吟声。年迈无力的。

似乎是不满的，又挟以自重的某种声明。

走下最后一级台阶一凝下意识地去树底找那只易拉罐，却不知所踪了。

许是晨起的清洁工扫了去的。总之它确凿是在过那里的。

而那个男人的影子，却是模糊不清的。

如果不是误打误撞闯进，倒是和她一样爱坐楼梯的。

木梯一级一级窄窄的，边上拦着木板，半封闭的，有可张望的缝。

那人想来是失业了，或者失恋。总之是失意。

在清晨的巷子里慢慢地走着走着便转到了大路上，前边就是地铁站了。

一凝很快就把那个男人忘了。

从公司出来的时候还没到中午呢。

一凝手里多了一个小纸箱。

象征性地装了些文件袋。一个卡通水杯。便是告别。

递辞呈的时候老板连皱眉的时间都没有。

正在谈电话，点点头她便出去了。

完成的工作堆在桌上的一侧自有后来人收拾，又附了一张说明，还有客户的一些资料。

桌上有不知名的水培植物，养在透明的烟灰缸里，小小的叶细细密密的，像是天井墙脚上的绿苔。

犹豫了一下，还是留下了。

同事们都在忙自己的事，没有人注意她的离去。

在城市里相聚与分离寻常得如风。高楼隔断了季节的风向，向左向右。

任是什么都略懂的诸葛先生亦难以捉摸。

风裹挟着无数尘末，在时光的束里盲目打转。

一凝却在寻找飘落的地方。歇一程。

路边是休闲小站，这个一九九二年在台湾始创的连锁餐馆进驻此地已有了些年头，如今在周围林立的茶楼酒肆中显得有些灰头土脸。

黄色的广告灯箱已辨不出名字来。

一凝抱着小纸箱走了进去。

当年看上去很浪漫的秋千椅已经陈旧了。

仍缠着假花枝蔓，像迟暮的美人，一丝不苟地梳着过时的发髻。粗的麻绳纹丝不动，紧紧地缠着长长的藤椅。

餐桌上是传统的格子布，边上有书架，放着一大摞过时的时尚杂志。

很久之前有一次平楚过来看她，她便带他来过这里。

因为人少。因为旧。便有了闲适的味道，便可以无所事事地坐着看书没有人来过问。

她记得那次来她翻看过一本书，里面有一幅摄影久久不能忘怀。

阳光下一间屋子。广袤的野地上开着无数的花儿，有长长的公路如细带，一辆车兴兴然穿越。似乎能听到车里传出奔放的乐声。

隐逸与开放，都在举手间。

那时她唤了平楚一起看。两人都若有所思。

"真想逃到那样的地方。"平楚说。积极乐观的平楚第一次用了"逃"字。

一凝不由得诧异。她还记得平楚当时的表情。不认真，却是真的。

便下意识地把那书找出来。

时间还早，餐馆里只有她一个客人。

她耐心地把杂志一本本打开，翻过的书随手推到书架的一侧，又不时被其他内容所吸引，坐下凝神端看起来。

不知不觉把书一本本移到桌子上，横七竖八。

还是找不到，到底心有不甘，又重新翻了一遍。它仍是藏匿起来了。

　　杂志的封皮旧得有些软乎了，拿在手里绵绵的，像动物的皮毛，又像是阴天里晾的衣服。

　　一个人吃午饭。

　　喝完最后一口茶起身离去的时候，一凝瞥了一眼架上花花绿绿的书。

　　真的曾有过那样一幅摄影吗？平楚真的说过那样的话吗？

　　忽然不确定起来。

Chapter 4　▍夏静

男人和女人之间不交流是最安全的

日子便可以更悠长地过下去

夏天即将过去的时候，平楚带一凝出海。

甲板上人很少，一凝倚着白色的栏杆。白色的裙子，烈日下，似一团炫目的光。

他从背后拥着她。她看翻飞的海鸟，他看她翻飞的睫毛。

一味的辽远，一味的蓝。风起云涌，海鸟们想必早已看惯世界的翻云覆雨。

在远离大陆的时候，一凝便忘了她与他的一切。

平楚下个月结婚。而她刚换了一份工作。

都不重要。重要的是夏天来了。他们在远离大陆的地方。

只有她。只有他。

今天我只是你一个人的。平楚在海风中自以为很抒情地说。

一凝淡然一笑。没有一个人是她的。哪一刻都不会是。

马斯洛认为人有归属感的需要。一凝觉得这是可怕的。

人如博古架上的瓷器，归属感是地心的呼唤。多数人欣然一跃，享受拥抱时的痛楚，碎裂时的铿锵，仍觉得幸福得一塌糊涂。

　　一凝觉得自己仿佛是孤零零地立在海岩高处的杂草，仰望着寂寥的长空。

　　对着柔柔泛波的大海，空荡荡的海滩，两弯绿树掩映的度假屋。
　　他们都失去了说话的兴致。
　　有时候牵手，多数一前一后地走着。
　　十年的光阴就像那深深浅浅的脚印，海水轻轻一舐，了无痕迹。
　　一凝穿着细带的泳衣，坐在沙地上等待浪花朝身上扑来。
　　肆意的，狂热的粗暴。海潮退去的时候，连心都要抽走似的。
　　作为补偿，几个白白的贝壳半掩在沙地上。那是来自海的安慰吧。
　　夜里，月色变得苍白，他和她静静地站在度假屋的露台上。几分寒意，和着海那腥的风。
　　男人和女人之间不交流是最安全的。
　　日子便可以更悠长地过下去。

　　醒来时，平楚习惯地伸手。却是空衾。
　　露台上的帘子在风中翻卷。
　　女人的晨褛滑在床下，似蜕变后抽身而去遗落的壳。
　　枕上是男人夜里为女人戴的链子。
　　碎碎亮亮，一团挤在白色的褶皱里。有沉甸甸的坠子。
　　平楚想起一凝曾拒绝过他要送她的一圈世俗的羁绊。
　　如今这样的沉甸又如何能安稳她的飘忽？
　　从不感伤的男人莫名有了惆怅。露台上，女人的鞋子一前一后，纤纤瘦瘦。
　　仍是坚决的。人似是乘风而去。

平楚裸着身子走出露台。有轻寒。

女人赤足走在清晨湿润的空气里。有雾，看不到远方。没有帆影，无渡。

海水绿得沉郁。没有阳光。

他轻轻走到女人身后。环抱。

一凝把一只海螺放在他耳边，有呜呜的低鸣。

"看了一本书，说那些声音里锁着许多人失去的记忆。"女人神情专注。

除了对他，她对很多事情专注。一张图片，一个地名，一株植物。

沉溺于物质，那些静美且没有锋芒的世界。是人生喜乐的底色。

他只是笑，他没有童话情结。但他迷惑她的世界。

他把她转过来抱在怀里，哪怕仍不能了解。

一个月后，一凝应邀参加平楚的婚礼。

西式的婚礼，新娘子却穿着粉色的婚纱，缓缓走上红地毯。

莫名给人一种不洁的感觉。

交换戒指的时候，在余光中，平楚看到了一凝。

她漠然地站着，一副置身事外的轻松。

他忽然有些愤然，为这么多年，她对他的漠视。

很久前平楚告诉一凝他重新找到蔚的时候，一凝在看新版的书。

转过头来茫然地"哦"了一声。

再开腔时却是"这里明明还有一段。"惦记着不同的译本。

男人忽然气馁。从不谈情说爱的男人忽然希望女人歇斯底里。

摇着他的肩追问爱情。

然而他是记得的，一凝是个不要爱情的女人。

而似乎他自己对爱情也是不以为然的。

平楚不就是喜欢这样干脆利落的女人吗？

没有哭哭啼啼，没有纠缠不休。可是心里仍一阵失落。

平楚不知道自己是否爱过她。

"爱"对有些人来说是一个太虚的词语。务实的平楚从不说这个字。

倒不是因为珍惜。在平楚决断的世界里，执著于爱情是不可思议的事。

在亲吻新娘子的时候，平楚热情得过了头，连宾客都觉得太绵长了。

他不知道自己在生谁的气，他狠狠地弄痛了她也伤了自己。

掌声响了又响，他再看过去时却不见了一凝的身影。她今天穿着白色的礼裙。

更像一个纯洁的新娘子。

而他却是别人的丈夫。白色的戒指有点松，他恍惚中记起忘了去珠宝店调整合适。

重要的日子里往往惦记的不是什么意义非凡的情节，倒是那些无关痛痒的细节。

还是酒店，这回只有一凝一个人。

在前台报了平楚的名字后，便一路有人殷勤地送上房来。

睡醒后有人轻敲门，有点惊诧。却是彬彬有礼的服务生，端着精致的食盘。

平楚在生活方面总是难得的细心。今天是他的喜日。他却将她的一切安排妥善。

一凝一个人睡得很踏实。

晚上又有人送来成摞的书刊。平楚知道她的习惯。

她却不想看。

打开笔记本，她开始无目的地游逛。

没有惆怅，这连她都觉得有些奇怪。

她的心是会连自己都遗忘的吧。

意识到自己波澜不惊的时候一凝有几分意外，因为本质上她是一个滥情善感的女人。

连借酒浇愁的姿态都没有。也许那些荒唐是二十岁时的印记。

也许她的心反而笃定了。他从来不是她的，没有失去的危机。

她也不用是谁的。像风中的雨荷上的露，来得清凉走得彻底。

那种费尽心机的笼络与千方百计的媚惑留给家里的无奈的女人吧。

没有爱是安全的，一凝庆幸。

刚下网电话就响了起来。

声音分明是陌生的，但又似曾相识。

"我是丽。"

Chapter 5 ▌果汁

然而一凝却知道

平楚是没有爱情的

如大多的男人

只不过大多的男人不自知

在欲望结束之后陷入自我否定的迷惘

顶楼有酒吧。没有音乐，只有星光。

真的星光。两三颗的样子。

从千年前奔赴而来，顾不上身后的衰竭或泯灭。

两个女人静静地喝着果汁。抬头。

不约而同。

"喝点酒吗？""哦，不。"

果汁甜甜的，像丽的年龄。丽才二十一岁。

这让一凝有点吃惊。丽看上去当然年纪不大，可是丽应该是个没有年龄的人。

她是属于那种不曾天真，也不会老去的女人。

可丽确凿地说她今年二十一岁。

这让一凝意识到她们之间的距离。十年不是一个小数目，对女人来说尤其如此。

丽的前额果然光洁，紧致的皮肤，倔犟地翘起的鼻梁。

很浓的妆，仍掩不住那份干净的年轻。

一凝很少化妆,记起曾有的岁月的也是丽这般的年纪,夸张的眼影。带着旁若无人的张扬。

三十岁的女人不化妆只用护肤品,这需要很大的勇气。

一凝的底子不见得好。只是她漠视着岁月在脸上的肆虐,那种漠视使得每一道细纹都有了它的语言,有了存在的理由。

"我是蔚的妹。在婚礼上我看到了你。"丽漫不经心地说。

一凝只看了丽一眼,就松了一口气。不用撒谎。丽一切都很清楚。

她不喜欢撒谎,也不会。真要这样做会很狼狈。

幸好是丽。她笑了笑。"你们一点都不像。"

"可是她仍是我姐。"

"哦。"

星光静静地透过顶楼的玻璃天幕撒了下来。漆黑的夜空,黑绒似的镶着白亮的钻石。城市里难得一见的奢侈。

他果然选对了日子。

她们后来就没说话。许多人来了又走了。

果汁甜甜的。

走的时候丽专注地看了看一凝。她平静地迎着她的目光。

转身便走了。这是两个不用对话就互相明了的女人。

酒店很中国味。

明式的摆设,简洁而优雅。墙上挂着花鸟小品。一凝看得入了神。

小写意的笔法。那叶筋勾得尤有力度。衬托了花的无骨。

她亦如这花,是个无骨的人。

便伤不了人。顺带不伤害自己。

丽读懂了她。蔚仍会过着很幸福的生活。无知往往等于幸福。

因为那确实是个很负责任有担待有分寸的实用的男人。与一凝仍是无关。

很适合蔚。丽便走了。带着对这个女人的谅解，不，了解。

一凝忽然明白为什么丽看上去会那么熟悉。

她很早就知道蔚，他的高中同学，哦，后来的妻子。

而丽是她的妹。就算是两个不同的陶器，毕竟出自一个工匠之手，那手法还是雷同的。

虽然她们从五官到气质无一接近。但还是相似的。不容置疑。

她注意到丽那天破例穿了条裙子。不，也许只是她第一次看到丽穿裙子。

褐色的裙摆参差着，别人穿一定像个巫婆，可它却夺不了丽的清峻。

服服帖帖的，顺着丽的修长起伏着。

而一凝早已失去了那个可以胡乱穿衣服仍然张扬的年代。

而今的她穿着品牌店里的或端庄或柔媚的裙装。

没有个性，但他喜欢。他觉得那是一种高贵。

那是一种很妥当也很安全讨好的打扮。虽然并不是讨好他。

只是为着省事。她没有丽的生活激情。

听起来很怪。漠然的丽在她眼里有着强烈的生活激情。

虽然丽无所事事地在天桥上摆藤艺摊。

能够那样若无其事地做一件无聊的事，那也是一种对生活的坚持。

有坚持的人生是积极的，有激情的。一凝认为。

一凝一直想当然地以为丽是那些不出名的艺术院校的毕业生。

工作不好找。又那样高估自己。高不成，低不就。

于是，便流浪。

都市里的流浪有很多方式。卖藤艺品也是一种。

可后来当她知道丽是某著名的理工学校的高材生时，她还是吃了一惊。

平楚摇摇头说莫名其妙。丽读书的钱还是他供的。

他对蔚的家人无微不至。可是他从不管他们怎么想。

他就是那种人，他绝不会让你在生活上受苦。但他对精神一类的词语嗤之以鼻。

一凝记得平楚读书时成绩很好，工作也非常出色。

在学校里就是风云人物，但却从不是白马王子，虽然他有着白马王子的外型。

但女孩子的直觉是那样敏锐。他不是那种可以用来卿卿我我的人。

你做得好时，他习惯表扬你，很领导的样子。

三十岁后她才觉得这是一种幽默，真实的幽默。

长辈们很喜欢他，他很会逗人开心。他古道热肠，直爽却不天真。真诚却现实。

蔚是平楚的同学，一凝也是他的同学。

一个是高中的同学，一个是大学的同学，他们都分别认识了很多年了。

读高中时平楚与蔚并没有走在一起。蔚是校花，那时有太多男孩子围绕着她。

而他从来不做那种争风吃醋的没建设性的事。

平楚忙着通往征服世界的路，没有谈恋爱的时间。

虽然他眼睛的余光里未尝不印满蔚的俏影。

但恋爱绝不是这种男人生活的主旋律。

高中毕业后，他和蔚也一直没有联系。

很多年后的一天，在平楚确认他与一凝不会有婚姻后，他忽然出现在蔚面前。

那样的坚决不容分说，蔚就这样糊里糊涂许了他。

一凝是平楚大学时邻班的同学。经常在走廊里擦肩而过，没有深交。

都是学生会里的成员，偶然会在一起。平楚健谈，是个很生活化的人。

一凝微笑地听，并不关心他说什么，然而对他来说，这就足够了。

他觉得她很亲切。给他一种轻松的感觉。

一凝是大学里未明的天色。清清的，苍茫的白色。是平楚晨运时空气中的鸡蛋花的气味。亲切寻常。

她有一种淡淡的神秘感。在给他一种距离感的同时又让他轻松地走近她。

很多年后当他游刃有余地宠着蔚时，心里却不由自主地留着一角，疼着她。

事实上一凝并不怎么需要他疼，这常令他感到气结。

在平楚生命里的人，似乎每一个人都要他照顾。

他也老是不推却地扛起了许多人的幸福。

可是他不知道一凝要什么？她不要他的婚姻不要他的爱情甚至不要他的钱。

她很拮据，从她几年不变的手机款式，节俭的生活姿态他知道这点。

可是她却若无其事。睥睨着世人。她甚至不自知。

平楚骨子里是个很传统的中国男人，所以才退而求次，有那种想与她"一辈子"的冲动。

他臆想着她是他温柔的妾。三妻四妾，是的，单是想想就让人觉得兴奋。

何况他也有这个能力。

然而一凝总是漠漠地游离在他的筹措之外。虽然她仍是他的。

在他耳边嘤咛着。带着真实的温热。

可是他总觉得她像是一个尘影，风一吹就要消失的。

那般无奈。

结婚后平楚告诉一凝她是他除蔚外的唯一的女人。

说这话的时候他脑子里影影绰绰掠过几个女人的影子。当然那些是不算的。

动了情的便只有她。

他说他对蔚可算得上忠贞不渝。都过去那么多年了，还对她那么好。

说的时候把他自己也感动了。

而一凝是他生命里的小妖精。

很多年前她在教室走廊上与他擦肩而过的时候，他就想着她了。

她温和的变幻与暧昧不明的游离是冬日池塘的白汽，是他无法寻获的飘逸。

事实上一凝并不妖精，想做妖精的人是勇敢而富于激情的。

而且有惊人的美丽。

平楚热烈地迷醉于自己的品质时，一凝会温驯地靠在他胸前。似是倾听。

女人的低垂如西堤的柳，袅娜而生动。

平楚便更深地陷在软榻上，心旷神怡。

其实一凝知道平楚并没有动情。他是个没有情的人，这样说也许不公平。

或许是有一些喜欢。

走到今天也仅是一个意外，仅此而已。

记得母亲再次在她生活里隐没的那个晚上，一凝打开父亲留下的笔记本。

"不要回头，不必寻觅，我们已失散在十字街口……"

那是父亲早年写的一首诗歌。不知是为谁而作。却一语成谶。

一凝怔然落泪。

在一凝的泪水变成脸上干紧的绷痕时，平楚意外打来了电话。

那个来自正常世界的男人。欢快地谈着世俗的话题。学习工作健康诸如此类。

仍是听。末了却惊天动地地哭了起来。

平楚愕然，然而并不安慰她，只是静静地听她哭泣。

挂了电话一个小时后，平楚忽然出现在她出租屋的楼下。

平楚把她带到另一个陌生的城市，在一个购物城的顶楼喝咖啡。

"说吧。"他一边为她添咖啡一边命令她。

那并不是一个喝咖啡的好地方。亮堂的灯光，簇新的装饰，如一切没有底蕴的新贵。

平楚亦不是一个倾听的好对象。霸气的目光无法抵达女人微妙而苍凉的内心。

一切都莫名其妙，但平楚却做得那么认真。认真得让你不懂拒绝。

那一杯褐色绝非浪漫。镶着金边的杯子薄而通透。到底缺乏厚实。

但落在有经历的女人眼里，兴许比浪漫要可爱，真实。

购物城的周围人声喧嚣，一切都如眼前的男人一样，入世、实在。

不习惯倾诉的一凝略去所有的文艺腔，三言两语，描述男人可以理解的表象。

平楚严肃地说她需要休息。"没有事，你累了而已。"

一凝的所有伤痛在平楚那里有了极简单的结论。

她后来想她是慢慢喜欢上他的简单。

简单并不肤浅。便更接近哲理。

平楚不喜欢看文学书。对所有的无病呻吟嗤之以鼻。

所以他正常，内心有着一份自足。他的世界健康而清明。

他关注的永远是具体的事件。他安稳的世界有赖他的聪明强悍。

偶有脆弱的时候，自卑与狼狈隐藏在自嘲的背后。

甚至狂怒咆哮。

但拒绝同情关怀，无须慰藉。

他是强势的，有自己可以圆满自足的世界。

车子挑剔地兜了一圈，终于找到了一间像样的酒店。

打开房门后平楚细心地关注屋子的通风、被子的舒适等细节。

服务员在他权威的吩咐中唯唯诺诺。

一凝忽然就笑了起来。她不知道男女之间还可以这样。她不知道约会还可以这样。

没有花前月下的过渡，没有卿卿我我的掩饰，没有海枯石烂的谎言。

只有饮食男女。

便坦然地躺在他宽阔的怀里。

"踏实了吗？有我在，什么都不要想。"没有安慰没有甜言蜜语。

宽阔的胸膛平息了所有的不安。

于是在很长的日子里，一凝学会了什么都不要想。

她是聪慧的，什么都不想的人才是快乐的。

有一些快乐便足以使日子持续下去。

平楚是能够令她很快乐的。因为他坦诚，世俗，亲切。他真心希望她快乐。

而且他朝气而活跃。跟他一起日子也会不自觉地沾上了阳光的味道。

像是小时候叔叔家晒过的被子的馨香，沁入心脾。

平楚是有担待的男人。他想当然地以为他宽阔的胸膛是这个小女人的归宿。

他藐视着"经历"在这个女子生命中的烙印。

他以为他的强大可以抵御女子所有的不安。

然而一凝却知道，平楚是没有爱情的。如大多的男人。

只不过大多的男人不自知，在欲望结束之后陷入自我否定的迷惘。

而他是旗帜鲜明的，跳过灵魂的伪装，直奔身体的慰藉。

于是便有了躯体的快乐。

灵与欲的快乐本不该有高下之分。

他是可爱的。在床上她更确认了这一点。

他是一座堂皇的古城。慷慨地向她敞开着。某些肌理，阴影，光与色。

　　在她快乐的时候她知道她不会向他索取爱。

　　她相信那会令他手足无措。他的慷慨里有的是对自我的陶醉。

　　她似乎看到他双手一摊，露出手上清晰的骨节。

　　略显清瘦却仍温暖有力。

　　手心是空洞的。

　　她承受他力量的同时决意远离那份温暖。渴望取暖是可耻的。

不安的。

Chapter 6 ▌山林

而一凝何尝不自私

不过一凝的自私是蜗牛透明的触角

只关注自己的进退

无力刺痛他人

一凝是在猝不及防的情况下遇到蔚的。

虽然她们早就认识。但是遇见的时候彼此还是愣了许久。

蔚知道一凝。她是平楚的同学。一起还吃过饭，似乎结婚的时候她也来了。

蔚愣住了是因为看到她比以前更漂亮了。

样子还是那个样子。但说不出什么地方，有着一股致命的媚惑。

虽然她通体是优雅大方的。

一凝穿着一条普通的裙子。卷的发。但就是那轻扬的发梢也是会说话的。

那样的女人。

一凝愣住了是因为平楚就站在蔚的身后。爽朗地笑着。很温馨的一家人。

一瞬间的静默。一瞬间的狼狈。还有丝丝的心痛。

一凝从不知道自己会因为他而心痛。

这个长假他说要陪家人去度假。于是她只身飞到这柔媚幽静的山水之地。

选住所的时候，看到那几间由住家改建的小旅馆，一凝眼前一亮。

后边依着山，几棵高大的桐树在屋后繁茂着。

白的繁花，簌簌地落，屋顶上像下了一场雪。

芬芳的雪。

两间平房之间横着一涧溪水。清冽。绿的草在白亮的水中一漾一漾。

她很满意地躺在小花布的被子里看了一晚的书。

天亮的时候，未梳洗一凝就来到了溪边。抚着冰凉的溪水。

一朵朵小花从指隙中渐漂渐远。

湿而鲜净的空气在肺间氤氲着。一抬头，竟看到了蔚。

娇俏的蔚。清晨的慵懒写满了一面。红的唇。

如果是花，那会是海棠。无香却艳彻骨。

而她，就是那随水而漂的桐花吧。平淡，馥郁。

在看到一凝时，平楚一阵惊喜。他想他确实是想她的。

两个女人最终盈盈地笑了。

都很美。

平楚乐了。一瞬间他脑海里掠过"享齐人之福"的字句。

他是从容不迫的。行程马上因一凝的出现做了恰如其分的调整。

蔚总是听他的。野蛮任性是因为最终发现，他总是对的，做样子的挣扎。

一凝没有作声。她可以是被动的。但又是绝对自由的。

小鸟依人这个词早就过时了。现代的女人都是带刺的玫瑰。

但平楚却很满足。

一路上，蔚是"小鸟"。一凝是"依人"。

蔚确实是可爱的。美丽，轻盈。在山路上啾唧。

一凝确实是可疼的。沉静，婉约。在绿丛间明灭。

他们都庆幸选择来这里度假。这里确实很美。

游人很少。山水都很原生态。村民们试图开辟出一些路来让游人走。

但很快又野化了。长的藤蔓肆意地爬到小路上。

还有一只蜥蜴。静静地与你对峙。

前边有一户人家。转过几道弯后，那间木房子特别显眼。

竟是卖衣服的。两个女人大吃一惊。

民族之余又颇为简约，手工结实而质朴，布是手工织染的。

那样的布纹与色彩，就算不拿来做衣服，单是一块块铺陈，瞅着已是迷醉。

一凝抱起一团轻触，几分恍惚。

在熙攘人世里徜徉，总是寂寞，能回味流连的却是一些可喜的物质。

很久以后她仍记得多年前在琉璃厂里看到的一只通体碧绿的扳指，在沙头角小店里相遇的一件长披肩，在鼓浪屿岛上重逢的一只椰雕瓶。

记得自己曾驻足流连，摩挲凝视，离开。尘世便有了可亲的点滴。

蔚一件件试着，在他们面前变出风情万种来。

一凝静静地看，看那些久远的图案，看那些色彩。

用竹子穿起挂在房里就是一件绝妙的装饰。她想。

一凝尽责地帮蔚看试穿的衣服。这里要收一寸。这件不错。对，就要这件……

平楚掏出钱的时候，深深地看了看一凝。她轻轻摇摇头。

她不要。那些衣服。

好的东西是要留在属于它的地方的，像这山，像这水，才配得起。

她只是赏过就足够。

就算是平楚，也是蔚的。

在她生命里，平楚也不过是一块结实而温暖的布，纵横着年月的经纬。

她在那样的纵横里穿过。暖过，惊艳过。却不必带走。

无须在年月的流里感喟它最后的磨损，破碎。

雾在山间飘荡起来的时候，他们正在一间吊脚楼上吃晚饭。

楼下就是深谷。雾一缕缕地从木窗棂外飘进来。

一下子都成了仙。

平楚是风流倜傥的才子，白色的衬衫竟似水袖般善舞起来。

他的幽默在于他的自信和快乐。

他是富足的，又是能把握生活。没有落魄男人的神经质和故弄玄虚。

两个女人都被逗得很开心。似乎回到了读书时的天真。

当一凝忘了他也是她的男人时，桌子底下的一阵轻触让她浑身战栗。

他正轻踩她的布鞋。走山路专门买的布鞋。

没有绣花，不是裹足，却仍是布鞋。

她不是潘金莲，而他也不是西门庆。窗子上也没有欲坠的竹帘。

典型的中国式的调情。这就是他。

平楚细长的眼睛轻扫过她的脸，眸子里映着山的黛绿。

她慌乱的眼神制止了他。他是克制的。很有分寸的调情。

但足以提醒她记起一切。在蔚的喋喋不休中，他们的目光久久胶着。

也许远离都市，也许因为这片山林，这抹云雾。

有一瞬间一凝希望吊脚楼轰然塌下，他们都羽化成蝶，饮甘露，喝仙泉。

但当平楚的手机响起，他神情整肃地谈工作的时候，她忽然清醒过来。

她重新做回一个没有心的人。

漠漠地看山林在暮色中变得凝重，最后化作一团漆黑。

第二天一凝就飞走了，一个人。

平楚把她送到机场。不解地看着她，或者他以为他是了解的。

但他不可做什么。她从不要求他做什么。

他疑惑她的不争取，他想当然地以为他是值得许多女人去争取的。

然而一凝却一再轻轻地走开，有着温婉的决断。

上机前她回过头来看看他，他从容地笑着挥挥手。

她想他还是很迷人的。

就像那些衣服，穿在别人的身上。在街上擦肩而过，留下不会磨损的记忆。

在转身的刹那一凝想起读大学时的那个冬日。

与平楚有关的罕有的一点回忆。

那天一凝骑着自行车沿着湖边瞎逛，绕着那排丑陋的棕榈树打转——凡是有点水就得种几棵棕榈树叫人意淫这是海边什么的，这似乎是南方人的有限的想象力。

湖是有名字的，叫子衿湖，附庸风雅者都以为和那句诗有关，"青青子衿，悠悠我心"。

可湖边的那块捐赠牌上却写着那是一个华侨的名字。

湖边的综合楼就是他捐赠的。

车越骑越快，风一阵阵急急地扑在脸上，竟有几分凌厉的感觉。

南方人一凝在寒意中玩味冬日的瑟缩。

车篮里有黄色的信封。

叔叔写来的，极短，末了有一句提到了母亲。

父亲家里的人提起母亲总是写不准那个字。"听说梅病了，你要是愿意便去看看她吧。"

而母亲却不叫梅，叫媚。

踏雪寻梅尤可凭香，媚却是女孩子不可捉摸的回眸一笑。无处可觅。

媚年轻时是不知名的作家，年长些做杂志的自由撰稿人，天南海北的，亦没有特别亲近的朋友。

媚的出现是由她自己决定的，一凝早已学会了不期待。

病了么。

那个高大的女人。不可摧毁的女人。

母亲有着细腻的肤质，一凝的模糊记忆中意外清楚的一幕就是母亲洗了澡后坐在圆椅上，细细地给全身抹上橄榄油的场景。

又记得她睡觉前把绿茶叶敷在眼周，用牛角梳拢好头发。

自私的人亦是最自爱的。媚曾经说过。不用担心她。

湖竟是方的，没有滩，碎石砌的湖堤毫无情致地切断水的纠缠，水兀自怅然开合，没有回应。

石缝中的青草有些泛黄，一丝丝垂下去。

想着要拐过去钻进湖边的林子里，没想到被隐藏在草丛里的暗沟绊倒了。

人与车都翻到了一边，白白的没有内容的天，空洞地看着她。

便听到一阵放肆的笑声，不可抑制地传来。

是平楚。

没去看他躲在哪里。一凝索性躺在草地上。

他却走了过来。径直在她身边蹲了下来。

"真好玩，看你疯一样乱转，不是才学骑自行车吧。"

他穿着鲜红的球衣，短的发湿漉漉地贴在额头上。

黑的逆影后是亮的天光，他像是浅井口里探头的旅者。突兀之中带来丝丝期待。

一凝不知如何理会他。他却在身边躺了下来。

亦不作声。

有三两的学生走过，间或一两声不怀好意的口哨。

但无论是一凝还是平楚，都有无动于衷的坦然。这种坦然，也许是因为彼此从不打算给予对方退想。

然而一凝还是坐了起来，头上有枯黄的草屑随风飘荡。

灰色的布围巾上有成串的穗子，也在簌簌地抖动着。于是平楚看一凝，便有了楚楚动人的意思。

"以后有什么需要就来找我，我会帮你的。"平楚懒洋洋地说。那种刻意淡化的热情藏在冬日的风里，暖得遥远。

一凝拉起自行车，在草地上吃力地骑远了。但平楚还是觉得一凝头发上的草屑在左右摇摆着，心里痒痒得后悔刚才没有用手拨落。

一凝站起来的时候就看到了湖面的波浪，在树的阴影里沉郁激烈地翻着的黑蓝的波浪，让人在很小的湖边竟也有了凭海临风的惊惧。

她起劲地蹬着踏板，像是要逃离什么。

在很久前一凝就知道她与他是无关的。

与其在神经兮兮的爱情中彼此摧毁，不如让他在现世的稳妥里优雅。

他们这种人方是太平盛世的底色。

何况这也是对自己的一种仁慈。

母亲一生都在做自己喜欢的事。不管不顾。

从不惩罚自己的错误。她固然是自私的。

然而一凝又何尝不是自私，只不过一凝的自私是蜗牛透明的触角，只关注自己的进退。

无力刺痛他人。

Chapter 7 ▍流云

于是她看到父亲的字

黑色的墨迹

固执地附着

没有因岁月而晕淡

她不知道他的故事

但他的伤痛却铺天盖地

全然让她继承过来

飞机即将起飞，一个人匆匆忙忙走了进来。

脚步声在一凝身旁停了下来。

一袋袋行李用力塞进了头顶上的箱子。

静静的机舱因这个鲁莽的男人的出现而变得叫人难以忍受。

折腾了好一会儿，他终于吁了一口气，重重地坐了下来。

一凝皱着眉别过脸去。

飞机呼啸着飞起来。心也随之提到了高处。

最无助的交通工具。除了信赖，你什么都不可以做。

往窗外望去，一凝的心才渐渐平静下来。

极蓝的天，成团成簇的白云在下面滚涌着。阳光把云朵雕塑得浑厚而丰盈。

一凝想起读书时跳"梁祝"，舞台上也翻涌着那样的白雾。

她踏着碎步，长裙下只露出鞋头的那团绒毛。很窄的舞台被她走得摇曳生姿。

长的裙带飘忽着，人也随风而逝……

"嗨，喝点什么？"年轻男子的声音把她惊醒了。

一转脸，彼此又是一愣。

"是你？！"

随即都笑了。隔了很多个月后，他们都清楚地记得对方。

他是那个在地铁里遇见的年轻的雄性动物。

却要在云端上再次邂逅。

"你烫了头发？"他还记得地铁里那个直发披肩的女孩。

"不好看？""不，很风情。"他笑了，笑她的直率。

一凝也笑了，笑他的恭维很动听。

其实那次他们并没有搭讪。但他们却以为相熟了很久。

他果然很小。也是二十一岁。说"也是"是因为她忽然想起了丽。

果汁般甜甜的年龄。

"叫我皓吧。"皓灿烂地笑着。真正的男孩子。

"给你看看。"皓雀跃着把数码相机拿出来。

每看一张都是一阵惊诧。即使是没有任何的技巧仍是那样的震慑人心。

沙漠、绿洲、仙境般的湖。

石壁、雕塑、经幡……

没有皓。因为他是一个人走的旅途。

怎么可以。这么精彩又这么寂寞。而且是皓这样的男孩子。

"毕业前的愿望，现在终于实现了。"皓孩子气地嚷着。

原来那些行囊是他风餐露宿的全部家当。

晒黑的皓较之前更男人了。不再卡通，像是加了黑咖啡的奶，有了不可测的味道。

只有牙齿是白白的，眼睛是明澈的，明眸皓齿。一凝欣赏着这个男人。

"女朋友不陪吗？"想象他在学校里是所向披靡的。

一阵静默。"她……是我们以前的约定。"

这么说，皓赴的是一场孤独的约会。一凝不再言语。

窗外的天空忽然绚丽起来。彩霞满天。

皓静静地看着照片，穿过那些旅途的烟尘，他看到的也许是一张思念中的脸。

一凝叹了一口气。她从不为自己叹气。

这么阳光的男孩子应该每天都是明媚的才好。

她竟在别人的忧伤中睡着了。她是真的累了。

在云端上做梦。

走进父亲空荡荡的房子，桌上是父亲留下的那个笔记本，发黄，夹着干枯的叶。

他们在她长大后交给了她。

翻开扉页，录有李煜的《临江仙》。

> 樱桃落尽春归去，蝶翻轻粉双飞。
> 子规啼月小楼西。玉钩罗幕，惆怅暮烟垂。
> 别巷寂寥人散后，望残烟草低迷。
> 香炉闲袅凤凰儿。空持罗带，回首恨依依。

"凤凰儿"三个字是用笔圈了又圈的，旁边又反复凌乱地写着这几个字。

不知是什么意思。

梦里有夕阳的斜晖，暖暖地穿户而过，落在桌上的笔记本上，风却要吹来，吹散他留在尘世的最后的温热。

她想用力合上，合上，然而仍一页页地在风里翻飞了。

于是她看到父亲的字。黑色的墨迹，固执地附着，没有因岁月而晕淡。

父亲的文字狂野流畅，不是张旭式的蛇状虚实，自有一种方朗的硬气。

一段段诗，无题。然而读进去却心惊，每一句都让人溅出泪来。

她不知道他的故事，但他的伤痛却铺天盖地，全然让她继承过来。

再不能展眉。

父亲……一凝在梦里轻唤，他慢慢从门外走进来。

却影像模糊，如湍流中的倒影无法聚集。

不知道父亲是否见过她。她是没有关于他的记忆的。

父亲家族的人不吐只字。

只有一次叔叔看着一凝的脸，定定的，又硬生生转过头去。

湍流里的影子在礁石的撕扯下如裂帛，一丝丝一缕缕地随水漂去。

……

醒来时看到皓关切的脸。

"做噩梦吗？""嗯，不。"

"傻瓜，坐飞机也怕，放心吧，脚踏实地了，瞧。"

窗外是机场灰色的跑道，茫茫地伸到远方。

一凝站起来就走。

"帮我呀！最后一站,所有的东西都寄存不了了。"皓一脸无赖状。

她只好帮他拎大包小包的行李。

她不知道为什么要帮他。也不知道他为什么觉得她会帮他。

皓住在城市最繁华的地段，一排婆娑的小叶榕隔开尘嚣。

小区里有人工湖，几个孩子正在玩遥控快艇。绿树浓密，又有大片的草地，成畦的玫瑰园。

一凝到底有几分意外。

想象中那种郊区的房子。几个男孩流浪的驻地。狗窝一样的地方。

可是门打开后她更意外。一个威严的阿姨出现在眼前，背后是纤尘不染的家。宽阔的复式楼炫耀着良好的家世。

"你是……"阿姨严厉的目光差点令她忘了自己姓什么。

很久了，她觉得自己是个不需要名字的人。于是她便没有回答。

"这么说，你是那个让我的儿子连家都不回就失魂落魄去流浪的女人。"阿姨愤然且戒备。

"妈——"皓笑眯眯地拥着一凝往沙发上一坐。

她一言不发，静静地看着大吊灯投在光洁的地板上的影子。

承受着另一个女人挑剔的目光。

沙发深处，皓的大手用力地捏着她。很痛，她的脸却漠漠地笑着。

一凝是个被动的人。没有生活的目的。

生活却像是一部野蛮的戏剧，不由分说地把她拉到聚光灯下。

"你至少比我儿子大五岁。"皓进房里放东西的时候阿姨毫不客气地说。

像一只乍着羽毛的老鸟，精神抖擞地迎接臆想中的战斗。

"灯光打错地方了。"一凝淡淡说了一句就往门口走去。

留下愕然的女人以及一场未来得及上演的闹剧。

没有必须赶着回去的家。

一凝慢慢地走在街上。招徕顾客的店员热情地塞来一只氢气球。

细的线打着一个小小的环。刚好穿过一凝空空的手指。

气球像是一只导盲犬，在风中急急地觅路。抬头看夜空，一凝觉得自己像是几米《地下铁》里的那个失明的女孩，眼前一片黑暗。

感觉不到在都市的转角，树梢上的微风、有颜色的声音。

直走到华灯璀璨。夜风吹在脸上。几分干冷。

一凝坐在十字路口的花坛边，马路上的车灯自远而近，像一条钻石的河。

她不知道应该去哪儿。

夜凉的时候她走在路边的公园里。

手里拎着细带的高跟鞋。光着的脚板抵在卵石路上。

粗糙的触痛。酸酸软软的。所有的穴道都在诉说平日的疏懒。

林子里有情侣的细语，小孩子的自行车丁零零地闪过。

一凝把手一扬，氢气球晃晃悠悠地向幽蓝的夜空飞去。

那是一条长着羽翼的奇异的鱼。在深海的沉重里做着飞翔的梦。

义无反顾地投入天空更广袤的空旷里。

皓有温暖而富丽的家，还有护犊心切的母亲，一凝是始料未及的。

她以为她自己的生长方式是理所当然的。

像一株野草，随意蔓延，没有人期待她要达到什么高度，要抵达何方。

久未见面的母亲，那个记忆中高大苍白的美丽的女人，有着瘦而修长的腿。

一凝是不像她的，猜想她应该长得像父亲，略黑，不高，有着叫人惊异的眼睛，深邃的。

母亲似乎是不爱父亲的。而父亲也似乎有自己无法实现的梦想。

他们在偶尔相遇里互相慰藉，他们的婚姻短暂得像一阵风。

却无意留下了一凝。没有人期待和欢呼的生命。

没有人告诉一凝父亲是怎样走的。有关父亲的记忆一片空白。

只记得母亲疏冷，脸上永远是未出嫁的女子般自矜而倔犟的神情。

拒绝长大的任性。

一凝比他们都要柔软。

生命中种种不可承受之重都吸附在这柔软里，遂成硬壳，又在岁月的流里裹上青苔，更无人察觉了。

只有遗忘。

Chapter 8　▊翡翠

爱情让人卑怯

人们需要神明

仰视的刹那

悲切亦有了去处

一凝有了新的工作。摆脱了那个刁钻的客户。

很可笑，只因为那个麻烦的客户，她放弃了那份尚且优厚的待遇。

读书时学哲学。同学们都笑她傻。找工作时简历往往被直接扔到垃圾桶里。

她仍然漠然。睥睨着。平楚疑惑她的骄傲，又迷恋着。

找了个熟人，打了个电话给她去应聘的公司。第二天，她就接到通知。

平楚不让她知道。温驯而倔犟的她。他一直知道她不希望他介入她的生活。

其实她的世界很小很小，小到不用行囊来包裹，甩甩手就可上路。

平楚以他的方式体恤着她。宠着他臆想中的小妾。

虽然薪水不多，但新公司很闲。一凝一下子就喜欢上这里。

就像一只失去壳的蜗牛，骤然找到了一个家。

刚去的那一段，老板很少露面。她这个助理就终日煮着一壶咖啡。等待他回来的时候第一时间奉上。

不多的几份文件，整理分类，送到各部门再回收，不是很需要能力的工作。

发呆是她主要的工作。于是她便很尽职地发呆着。

看阳光从百叶窗的东边一直热到西边。

只剩下余温的时候，一凝就离开了她的新亮的壳。

一个人的夜通常是在酒吧里度过的。

一凝是个很有酒品的女人。因为她必须一个人站着离开酒吧。

她很小心地不让自己喝醉。微醺，在灯光迷离中看形形色色的人。

没有交集，不会受到伤害，所以放肆地观望每一张脸，揣度背后的故事。

角落里有个女人也是经常独自来的，穿着通勤的衣服，很 OL 的样子，看样子是一下班就来的。

看她醉过几回，亦文静，趴在桌上一动不动，不知是如何回去的。

女人的眼线画得深，眼影是淡紫色的，在昏暗中沉重地翻扑。

像无力飞过沧海的蝴蝶。放弃，淹没。

喝酒的样子让一凝想起全智贤，眼神凌厉，手兜成个半圈，举到唇边一仰脖子，杯子里的色彩蓦然消失，透明玻璃一闪划过，便隐没在黑暗中。

不知道有怎样的故事。

调酒的小弟是 gay，也许是小受。

很会搭配衣服，走路翩若游鸿，喜欢低首，粉色的唇彩水润光亮。

白皙的脖子上有细细的链子。

有人说他喜欢上直人男，注定无果，小弟十分忧郁。

直人男是逢周三来的歌手。高大健硕，喜唱英文歌。一凝听人唤他阿图。

酷得寻常。脸上是非主流的人惯有的淡漠。

唱歌的时候总是耷拉着眼，比眼更耷拉的是系着裤子的低腰仔裤，于是整个人便似随时要坠入台下消失一般。

阿图唱歌的时候，小弟总是停下手里的活，双手托腮，粉红色的长指甲如兰开合，微微颤动着。眼波流转处幽情愈炽，亦只能沉默不语。

小弟有清秀的五官，声线迷人，据说唱歌也在行，一凝却从没听他开过腔。

一凝不懂酒，却喜欢看小弟把不同色彩的酒堆叠出一层一层的梦幻。

调酒的时候他是专注而自信的，不若此时。

一凝转过头去，不忍看他苍白尖削的脸，无望地仰视着。

爱情让人卑怯，人们需要神明。仰视的刹那，悲切亦有了去处。

小弟的事通过笑诺的传播人尽皆知。

笑诺是酒吧里推销某牌子啤酒的女郎。略胖，穿着极短的百褶裙子，像一只撅着屁股的鹅。

她喜欢眯着眼煞有介事地让新顾客偷偷地盯着小弟的脸。

"你猜猜他是男的还是女的？"

末了不忘记亲热地让你买上一打啤酒。"对，就一打，喝不完可以代存，现在最优惠。"手里又有匙钥扣手机挂件之类的小赠品叮叮当当响着，整个人愈发显得聒噪。

　　一凝不太喝她的酒，她是知道的，却不知为什么八卦起来更起劲些。

　　"你知道，阿图是喜欢女人的，他是没指望了……"

　　"他真傻，买电影票买三张，阿图和女人坐在一起，自己却偷偷躲在后排……"

　　"小弟的所有钱都攒着，说是等阿图不漂泊的时候，在他旁边买一间房子天天陪着他……"

　　一凝并不搭腔，冷冷地看着笑诺廉价的假睫毛将下眼睑打成乌黑。

　　笑诺情商很高，从不理睬别人的反应。貌似快乐地在座间穿来穿去。

　　像她那个故作洒脱的名字。

　　可是笑诺是相信诺言的。一凝后来才知道。

　　那时笑诺已经离开了。

　　她为了供男友读大学而逃学出来打工，只不过又是一个冷笑话罢了。

　　胖的笑诺是不管输赢的，要的是付出的快感。有些人害怕，从没有伤过，一切就过去了。

　　更多的是陌生的脸孔，三三两两推搡着来，又消失了。

　　隔着薄而透明的酒杯看。每个身影都是一个耐人寻味的故事。

　　一凝像是穿上隐身衣，走进屏幕里。笑与泪都是无关的。

　　寂寞林立的夜，孤独得热闹。

　　有时会去另一间隐藏在旧巷里的酒吧。

　　很有年头的老屋子，用粗黑的原木重新构架。不规则的院落。

陡而曲的木楼梯一直伸到天井里来。

天井里有老的树，叫不上名，叶子小而圆，似乎没有力气再展开，但仍尽力绿着，有蜡光。

矮的是鸡蛋花树，整朵整朵落在桌上椅边，楼梯上。蛋黄色的花心，米白色的厚瓣。

每一朵都精雕细琢，很奢侈的样子。

其实白天的感觉更好，极少客人，阳光不轻易溢进去，坐在阴暗里看着门口布帘一揭，又落下来，炫目的亮稍纵即逝，心里便安定下来。

酒吧的主人是个脸上有刀疤的男人，长发，整日坐在天井的树下做银饰。

白白亮亮的一片片，还有细的银丝，弯出奇怪的形状来。

专注，不理尘事。连冷漠都称不上。

有天一凝进去的时候只看到那人的背影，蹲在树下，心里忽然一动。熟悉的。

却又茫然，想不起在哪里见过。

那晚一凝喝醉了。因为听了那首老歌。

"真的想，寂寞的时候有个伴，日子再忙，也有人一起吃早餐……"平实的歌词，不矫饰的嗓音忽然在灯影迷离的酒吧里响了起来。让她猝不及防。

"每一次当爱在靠近……天地都安静……"

知性女子刘若英的歌。却在衣香鬓影的酒吧里飘荡。

唱歌的是一个有着雪白修长的腿的女人。

酒吧新请的歌手。尖细的指甲在幽暗中闪着莹蓝的光，空气中无力的抓握，挥举间无尽的落寞。

一个人的安全壁垒，也会有难堪的缝隙。

喝醉的时候一凝想起了同一城的皓。那个干净的男孩子。

那个号码斜画在她的记事本上，像一串可爱的音符。飞机上皓留下的。

依稀中闻到年轻男子的味道。

某个牌子的沐浴露香。硬的发。坚实的臂。

皓抱着她走出酒吧天井的时候。一凝看到天上边缘不清的月。一半的样子，并不规整。

像是桌上浸了水的纱纸，融到木的黑里，参差着，互相纠缠。

那个男人仍在树下，却是在喝酒，见有人出门，转过身来。

月色里一凝看到那人胸前银的链子下闪过一道绿光。

似曾相识。

来不及细想已堕入醉那无边的黑寂里。

第二天醒来的时候，皓正在做早餐。一凝散乱着发，斜靠在枕头上。

皓走进来，她忙把头埋进枕头里。

"来吧，让我们一起吃早餐。"皓狡黠地笑着。

一个枕头便从他头上飞了出去。

洗过脸后一凝重新变得冷漠起来。没有说话。虽然皓做的泡面好吃得让她想起了母亲。

"怎么想到去那个地方喝酒。叫人好找。"皓在清晨里格外活跃。

一凝挑挑眉算是回应。

皓仍是不甘。"酒吧的名字倒是特别，叫'一一'。"

有名字的吗？一凝倒是惊异，"一一"？依依？忆忆？宜宜？

或者没有什么缘由只是图省事？

"我看像一对醉眼，无力睁开的样子。"皓又在打趣她。

一凝却又想起来了，是有那么两个字，在门口低矮的木楹上，可是木太黑，便以为是一道长长的划痕罢了。又想起男人脸上的疤，也是那样的一掠。

细细的，白白的，可想见的刀锋。

谁又能在谁的岁月里，留下了霸道的一掠呢。

蓦地一凝想起男人胸前的绿光。

似曾相识的背影。"咯吱吱"的声音仿佛又在耳边响起。

一凝猛然推开房门，只看到旧的木梯伸到紫荆花树下，梯上空无一人。

早上的阳光把木栏杆的阴影拉扯到红砖墙上。映出不可思议的图案。

皓看到阳光里一凝只剩一个黑影，光着的脚板白得晃眼，头发丝丝缕缕闪着金光。

像是来自异域的精灵。充满着某种隐喻。诱惑。

皓走了过来，从背后环住她的腰，埋首在她的发间。

一凝一僵，轻轻推开了他。

后来每隔一段皓便会给一凝打电话。不放心。

有着自己也无法确认的牵挂。

确认她清醒，安全。皓觉得一凝更像是一个需要照顾的孩子。

不管她的外表多么沧桑。不管她嘴角的弧线多么倔犟。

皓记得她柔弱无力地垂在他的背上，呢喃着听不清的话语。

像邻居家的卷毛狗，蜷在过道里怏怏地低吠着。

又像阳台上无意长出的小花，在风中簌簌地颤动。

送到家本来是要走的，却听清楚了女人一再呢喃的歌词"日子再忙，也可以一起吃早餐……"

半夜里皓抽离了压在女人身下麻木的手。

女人麻质的外衣在他手臂上烙下鹿角状的印。

身上弥漫着酒气的女人如婴儿般低垂着眼。长的睫毛安分地把守着梦的门。

皓禁不住碰了碰女人瘦削而冷的鼻尖。心里有一瞬间无法跃动的柔软。

然而电话里皓总会听到一凝疏冷的声音在短促中告别。

那一晚的相依似乎只是沙漠里的尘雨。

没有着地便蒸腾，无踪。

一凝固守着一个人的安全。

等待着航行中的青苔，湿湿濡濡地层层包裹。隔开尘世的海浪。

皓不是平楚。皓仍是不入世的。无法做到全身而退。

何况，她并不需要一份孩子的善良。是的，皓对她仅仅是善良，虽然皓并不自知。

一凝目光如炬。洞穿本质。

那天皓走后一凝又回到那个地方。

"——"。

她看清楚了木上刻的字。红褐的木纹上细细的黑黑的两横。

没有客人，几个乐手坐在天井里自娱，有人弹起贝斯，金属的声音在院落里显得格外清亮。

一凝看到那人躺在粗黑的木椅上，长的发垂着，微微地飘动。

胸前一根粗的银链，坠子是绿得通透的翡翠。

翡翠镶在精致的银色底托上，莹润清透，形状宛如即将滚落的水滴。

分明是有来历的。

链子是民族风，几股细银扭在一起，盘着旋着，沉沉的一圈。

那样温婉的翡翠，与链子是不相宜的。

大学时一凝曾在珠宝行里打过假期工。就是站在门口派发宣传单的那种。

一天站下来挣上两个盒饭，结束时有微薄的酬劳。

还有一个小赠品。就是那种品质较差的边角料做成的翡翠挂件。

倒也有收获。了解了翡翠的基本的知识。

在中国古代，"翡翠"本来是鸟名。

这种鸟羽毛美丽。一般雄鸟红色，称为"翡鸟"；雌鸟绿色，称为"翠鸟"。

清朝时，翡翠的羽毛作为饰品进入宫廷。漂亮羽毛成了妃子们的最爱，她们把这些羽毛加工后做成首饰，叫做细翠珠翠什么的。

那时有很多缅甸玉作为贡品进入后宫，这些玉石的颜色也大多都是绿色和红色，和翡翠的羽毛色很相似，所以，人们就称这些来自缅甸的玉石为翡翠了。

派完传单后一凝喜欢趴在柜台上看那些翠色。

冰翠清白透亮，有些飘着绿的石花，如云似絮。

昂贵的翡翠绿得纯粹，像是澄澈的绿玻璃。还有些红翡，色泽蕴藉典雅。

每一块石头都锁着流光，记载着七千万年前的变迁。

没有人类没有爱情的年代。寂静亦炽烈的时光。美丽凝固。不为谁。

已是下午时分，阳光透过鸡蛋花的缝隙投射下来。

男人胸前的绿翡在光斑里流光溢彩，像一个梦。似曾相识。

一凝走近去，坐在树下的石板上。

乐手们没有理会她，每个人的寂寞都是高贵的。他们轻弹着不相关的乐曲，在阳光下沉湎于自己的情绪。

一凝不知道为什么要来。闻着鸡蛋花的清香，渐渐觉得自己的无聊。

欲离开。讪讪站起，再看一眼男人。

男人忽然睁开眼睛。

只见脸容清峻，鼻翼尖薄。一道细细的白痕斜斜地在鼻梁划过，越过两边脸颊。

淡定地看着她。笑笑。

他是认得她的，偶尔来的客人，总是一个人。

而且，她是那间房子的租客。

一凝是不知道他的。

她的租金定期存到指定的账号上，而且老房子的一层印象中并没有人住。

不知谁是主人。

男人并非那间房子的主人。他是一望。

老房子是曾经合伙的朋友的，离开后托他照看着。

朋友在的时候他们经常会聚在老房子那里喝酒。

他们喜欢坐在狭长的木梯上，半倚着，懒散地伸着长腿，看紫荆花旋落，看夕阳沉沉地坠在巷子低矮的民宅上。

朋友走后，一望住在酒吧里，少有过去。

有时夜里难以入寐，也会不由自主地晃荡过去，坐在木梯上消磨半宿。

那里有很好的月色。

一望记得。那是一个玉兰花开的季节。他看见了一凝。

清晨无事。春天多雨，想起那房子的瓦顶终究不放心，便走了过去。

他喜欢那里的巷子，闻得到青砖缝里霉湿的味道。

巷子入口处种着一棵秀顶的广白玉兰，米白色的瓣落在青石板上，被细雨打湿，仍微微翘着。顶着一颗水珠。有一种闲散的安逸。

前面种着紫荆花的院落就是朋友的房子。

于是他看见了一凝。未施粉黛。略黑。

女人大概正要出门的样子。长的发半挽半松。

身着碎花的长衫，中间拦着褐色的细带，有流丝，下着牛仔裤帆布鞋。一只棕色大布包。

从木梯上走下来。走到一半却又停了下来，倚着木栏凝神。

木栏是粗陋的几块挡板，木梯摇摇欲坠。

但女人这么一站，却有了凭栏的意趣。

一望瞬间想起苗寨里的吊脚楼，临水的围栏。苗家黛帕的笑声，心里便有了怅意。

顺着女人的视线望去，第一轮的紫荆花已然登场，没有叶子，粉紫粉紫的，盛开得妖娆尽兴。不像广玉兰般欲遮欲掩，隐在大的绿叶间。细雨中烟雾弥漫，那粉紫也似乎被晕了开来，浸染了对面的房屋。

也许是因为有雨，女人迟疑不决。

看上去房子安好，老得安详。

一望转身走了。

没有打伞，雨丝不大，衣服却实实在在润透了。

眼前的女人满目茫然。

相对无语，一凝手足无措，想想还是走了。

"晚上，再来。嗯。"

男人没作声，又闭上了眼。

事实上一凝后来很久不再去那儿。

Chapter 9 ▎陌上

现代的相遇即使不在田间陌上

若是心有灵犀

一样明快决断

再次看到丽是很久以后。

那个流浪的女子。竟然穿着黑色的套装一丝不苟地出现在一凝的办公室里。

相视平静。她们都不是容易惊乍的人。

丽的清绝坚韧绝对是她无法应对的。在工作上，她有才却无能。

老板匆匆出现的时候她便退了出去。

她尽心地煮着咖啡，像是研究着一个哲学的问题。

丽只不过是走了属于她的道路。

流浪是一种坚持，拼搏也是一种坚持，它们本质上是一样的。

丽的无目的其实是一种清醒。她的无目的也许只是一种等待。

待价而沽。她们都是那种在适当的时机不惜倾出自己的所有的人。

丽是老板亲自送出门来的。

那个同样不苟言笑的男人。有一个好听的名字。阡陌。

他们在门口对视，一副棋逢对手的郑重。

几秒的目光流转里，有别人一世都无法读懂的了然。

丽同样让阡陌忘记了她的年龄。以及他自己的年龄。当然十年并不能说明什么。

握手之间，惺惺相惜。阡陌目送丽走远，眼里有难以察觉的喜色。

那一刻一凝想起了韦庄的《思帝乡》。

"春日游，杏花吹满头。陌上谁家年少，足风流？"

现代的相遇即使不在田间陌上，若是心有灵犀，一样明快决断。

几个月后丽成为了一凝的上司。以及阡陌的妻子。

人生何尝如戏。古典的戏里有太多的起承转合。委婉的曲折。

人生比戏来得干脆利落，却又荒谬失真。

所以生活必须经过艺术加工才能获得观众的接受。

丽知道自己要的是什么。当然阡陌也是值得交付的。

丽有条不紊地施展着自己的才华。

轻轻娇咤间，公司有了不一样的气象。

公司年会的时候，丽做了一个简短的发言，没有笑容，却令每个人都振奋起来。

有些人就像是一个潜在的磁场，影响着周围的事物。丽就是。

只有回到出租屋的时候，一凝才会想起以前的丽，那个戴大耳环的不羁女子。

还有那堆摆得同样诱人的藤艺品。高低错落，尤如一幅未完成的静物画。

而今的丽更接近人的常态，她想。也许那些过往的印记只是一个错误的残章。

在一凝不知所措的时候，丽走进了她的出租屋。

丽淡然地说路过，顺便进来看看。

没有心理准备的探访像是清晨素颜时的相对，多少让一凝有些窘迫。

太阳到窗台便戛然而止了，屋子里是一味的蓝。

外头的明晃晃与里头的冷漠泾渭分明。

其实她很久以前就不喜欢蓝色了，然而积重难返，那些亲近的小物件一摆出来，又泛着蓝幽幽的光。

蓝色更像是年轻时的一种任性，一种太明显的标榜。

过了三十岁后她喜欢各种各样的粉色，粉红、粉绿、粉紫。

安全地构筑出一道豆蔻的墙来。总是有人说她像二十多的女孩。

她便更矜持地笑着，一副更纯情的样子。虽然亦非刻意。

只是她不知道人生要通往何方，下意识地一味拒绝，然而时光荏苒，未免焦虑，期望一切慢一点，也许会知道自己想要什么？

屋子里那些与时下年轻人大相径庭的摆设出卖了她。

上世纪七十年代的香氛里有挥之不去的无奈。

丽若无其事地坐在她自己卖出的藤蒲墩上。一袭布裙的她竟与这屋子难得的和谐。

丽在翻一凝的书，竟然还看了下去。一凝无声地等着。有几分疲倦。

她已经隔了一段时间没有见那个男人。那个说要与她一辈子这样的男人。

她不知道丽的目的。丽其实原本真的没有目的。

在两个女人都觉得没有目的的时候，丽忽然看到了那件衣服。

那件搭在床头的男式风衣。黑色的。极粗糙的布，背后是斑驳的手绘画。

有几分钟丽的目光一下失去了焦点，不，也许更久。

像是被蜇到了一样，丽一下子退到了房门口。脚步踉跄，带着不可置信的软弱。

清绝的丽，不该让她想起了花容失色这个香艳的词语。

那个永远都知道自己在做什么的丽竟然顺着门框一溜儿滑坐了下去。

粗布荆裙的随意变成了失魂落魄的潦倒。

那是皓的衣服，那晚拥着一凝回来的衣服。她忽然明白了。

青海湖畔的野花丛，错过的是丽的明眸；布达拉宫的转经筒，期盼的是丽的柔荑……

那个男孩孤独的赴会，身旁少的却是这个女子纤纤的玉影。

丽走的时候幽幽地看了她一眼，那目光中有恨，亦有敬。

女人相轻，但通过征服男人，获得了情敌之间刻骨的铭记。

你会在男人早已离去后的某个午日，准确无误地忆起那个女人的一个回眸。

你会在拥有男人之后，仍悻悻地记着那个女人的罗裙。

一凝知道丽还是想错了。但她并不辩解。

丽是一个不允许自己后悔的人。即使伤透，仍然昂然的女子。

皓是爱丽的。正因为失去，这段情在他心中反而成就了永恒。

而丽也是爱皓的，正因为太爱太清醒，所以选择离去，让爱永远定格在青春的某个繁花似锦的春日里。

他们都太聪明。又太愚笨。所以注定还有此一劫。

生活毕竟不是放电影，定格便成了虚幻的梦想。

我们都以为像那个捷克男人说的那样"生活在别处"，但生活分明就在眼前，泛着太阳那明晃晃的光，映着残酷的真实。

当丽清碎的足音消失在楼道深处时，一凝竟然惘然地笑了。

她想起蒲松龄笔下那些不安分的妖精。

为贪一时欢娱，不惜误了千年的道行。奢侈，豪气。

却又心甘情愿。在爱情中灰飞烟灭。

只是她不是妖精。花丛边墙头上撩人的一闪，不是她的风格。

想必丽总会懂。那件衣服只不过是引子，勾起丽的回忆罢了。爱情的苦涩与她无关。

仍觉得无力。

缓缓地，一凝拨通了平楚的电话。

那艳俗的歌还在，那首歌是他们相拥后他兴味盎然地更换的。

那般的窃喜。那是他情意最浓的时刻。

那首歌还在，但已失却了最初的单纯与亮烈。

然而至少确认，有一个人在。

"在哪里，我现在过去。"很长的一段日子到了平楚那里，似乎没有任何隔阂。

似乎昨日依然在相拥，他像一个古代的男子。可以越过短信、电邮一切的现代的联络方式来完成对一个女子的思念。或者只存在于她想象中的思念。

　　两个城市在他的车轮底下忘却了距离。平楚欣欣然来了。

　　这段情事于他，亦只不过是锦上添花。没有伤与痛，纠葛与烦恼。

　　他对渡边淳一的《失乐园》不屑一顾，中年男女的情欲还来得那么死去活来。那么的幻灭、沉沦。

　　他喜欢鲜亮的清浅的情感。像他与蔚的，还有与她的。

　　一切都很轻松，在他的预料之中。

Chapter 10 ▌良夜

骨肉之间

都是不必缠绵的

各自伤痛

各自负担

各自消亡

平楚带一凝去打球，和他的好友。一群意气风发的男子。

球场边是极翠的湖，如茵的草。又有繁茂的榕树。

阳光穿过树缝洒下斑驳来。榕树褐色的气根在风中轻轻摆动。

空气中弥漫着青草的芬芳。

一凝只坐在石头上远远地看他。手上搭着他的外套。笑声一阵阵在绿意间开出花朵来。

都知道她与他，可都不说破，每有入球，便都鼓起掌来。

极快乐的生命。每一寸肌肤都是飞扬的。

人世愁苦，这样欢喜的场景任是谁都是喜欢的。她便任由那心一跃一跃地轻哼着歌。

中场休息时，平楚汗淋淋地跑过来要水喝。她用毛巾揉着他湿漉漉的头。

"我们一辈子这样好吗？"他忽然轻声说。也许是心血来潮。

目光却温和平静，在那样的凝望里你是会误以为世界是可以把握的。

她的手蓦然顿在半空。

极翠的湖面静静的，像一面镜子。映着不可说的心事。

平楚是许过婚姻给她的。他一向慷慨热情有责任感。

那是春天的一个夜晚吧，两人去博物馆看民国家具展。

都是民间的零散收藏，郑重其事地组合在一起摆出来，打上灯光，发出幽光。在宽敞的展览厅里显得珍贵异常。

有一套雕花大床吸引住他们，它没有清朝式样的繁缛，在明式的简洁之余又渗入了欧式的华丽，床围雕刻着当时最为流行的玫瑰花纹和葡萄纹。体现了民国时受到的西方文化的影响。

大床边有暗红色的樟木箱子，脚下和四角都包着黄铜片，拉手是精美的吊环。稍近处是一对矮矮的木围椅，十分休闲，古典之余又显得很现代简约，与那些高背椅的正襟危坐截然不同。

几件家具凑在一起便像一个温热的家庭日常布景。连在其间走动的人香风脉脉都似乎能感觉出来。

平楚看出了一凝的喜欢，没有作声。

从博物馆出来，平楚便开车兜到了珠宝店。

径直走到卖戒指的柜面。让一凝一个个试将起来。

一凝倒也兴味盎然，逐个欣赏。她的手纤细，但并不修长，小孩子般。一般的钻戒戴上去只觉沉重突兀。

直到看见那个宽的白金指环，镶着满满一圈细细的碎钻。

平楚见过一凝的一本画册，上面的女人就有这样的指环。

并不太名贵，但一凝是极喜欢的。

套在指头上光光亮亮的一圈，有点松。

便买了下来。一凝也不阻拦。

夜里平楚从背后圈过来，轻轻唤道："我们结婚吧，我们家也布置成那样的风格。"

一凝轻轻一震。不置可否。

夜里指环硌着手指有微微的痛。一凝攥紧拳头，让它轻轻地嵌到肉里去。

天亮的时候还是摘了下来。放在枕头上。

"我是不要婚姻的……"轻轻地也就那么一句。却是不容置疑的。

平楚亦是骄傲的。便不再提起，以为假以时日是可以征服的。

后来才知道只有一座空城，无从讨伐。

也就几年前的事吧。

打完球一群人呼啸着到市郊的村落去吃饭。

一群大男孩。还有一凝。

水车流溪，古树下的秋千。竹篱边开着水红的蔷薇。

又有一片草莓地。男人们站在田头指点江山，说着国事经济走向。平楚的语速很快，声音朗朗，有一种舍我其谁的霸气。

一凝在摘草莓。柔弱的草本植物，却要长出那么沉甸甸的果实。一簇簇挤在一起，朝阳的那面鲜红欲滴，缝隙却是白色的——温暖无法抵达的印记。

他原以为强势的他会让她感觉骄傲。

她却看到了背后与己无关的苍白。

丽后来很久不来上班，听说有了孩子。

那个不食人间烟火的女子，似乎在海边无意踩了仙人的大脚印，便怀孕了。

丽是流浪也有理住家亦自然的奇异女子。进退自若，生活在自己的掌握之间。

看不到丽，一凝便在公司里安静地待下去。

更多的时候，她在看书，一本本地看。

埋首工作的阡陌有时会把她叫进里间。

凌乱的文件夹。此起彼伏的电话铃声。严谨疲惫的男人。

面前的女人目光辽远，如一潭秋水。

男人半晌不作声，若有所思，末了又挥挥手让她离开。

一凝不是丽，虽然她亦是聪颖的。但那种聪颖接近无用。

有时她更像是一盆水培植物，在阴暗里独自曼妙。伸着软的藤蔓，漫不经心地朝有光的地方仰望。

阡陌的沉默里有明了。也有另一个男人的成全。

于是一凝继续看书，在文字中稀释本已淡薄的日子。

看到那本书时，她的心一下子被搅碎了。

学哲学本意是为了看破尘世，使得人生不苦，一切的缘由都找到它的支撑点。

但看这些"诗词艳科"，却令她苦涩得不忍卒对这落寞的人世。

"人生若只如初见。"那么所有的故事都会戛然而止，没有经过也没有结局，有的只是那份最初最纯最美的情怀。那样的安然。

可惜也只是一种假设。一个"若"字粉碎一切梦想。人们都太贪婪，拼却一生恨，换取檀郎归。所有的故事都要大煞风景，露出它最后的狰狞来。

只有丽清醒得像个女巫。

在婴儿的啼哭声中忘却那些年轻的淡薄的忧伤。

那些曾经以为是轰轰烈烈的经历。

于丽，这也许是一种自我救赎吧。从此，人生风清云淡，一切平平实实。

而她，还在人海中挣扎浮沉，不自主，不自觉。

暮色漫到窗台时，阡陌停下了手里的活。

窗外是灰暗的天，厚重的云，镶着余晖那淡黄的边。

很多的高楼堆叠着，如一座动漫里阴森的城，每个人都是不知返的玩家。

再转脸过来，屏保出现一张流着口水的孩子的笑脸。

男人嘴角上扬，丝丝甜蜜隐在昏暗里，似暗香浮动。

遂决心离开，有稚嫩的声音在召唤。

外间已静悄悄。

蓦然看到了一凝。伏在空而洁净的桌子上。一本压皱的书。

忍不住轻轻走近。女人的脸上有泪湿的阑干。一滴泪珠端然凝在睫毛上，不胜沉重。

男人扬了扬手，末了还是缩回去。

眼角一扫，却看到了扉页上仿若水印般的几个字，饮水词。

一怔。再看她时，又有不同。

在女人大把随意浪费的漫漫时光里，有古人般的意趣，一凝是似乎有哀痛，却依然不识人世愁苦的稚子。

阡陌觉得有一点点落寞，静静地滴落下来。

平楚若无其事的"一辈子"是牡丹亭里断垣残壁间的一抹嫣红。

沉静灰涩便要化作蝶舞追寻虚妄的春光。

一凝发现自己竟然在爱。

这是一个太悲壮的发现。

男女相悦,似一种舞,更是一种斗。

有关爱情的战争轮回不息,没有赢家。

爱情是永恒的,被所有人在所有时刻里需要。

却存在于不同个体的一段段时光中。

误读的人们以为"永恒的爱情存在两个人之间"。于是失望。

实际上两人间永恒的爱情只存在两种情况中。

要么一方死了,要么短暂的相爱后因外力或自身的克制而不能在一起。

前者如《菊花香》,后者如《廊桥遗梦》。

看似寻常的"两情相悦"是男女人相处的最高境界,实则到达者寥寥矣,或是稍纵即逝罢了。

真正两相平衡的时候往往就是爱情消解得偃旗息鼓的时候。一切都泯灭了,爱在何处?

没有救赎。一凝知道。

一凝是不要爱情和婚姻的。彩虹和露珠的美丽终究敌不过消失的命运。

人生要是有其他的快乐,那样的危栏还是不要轻倚,虽然姿态很美。

话虽如此,文化建构终究敌不过生物建构。爱情还是来了。虽然生物机制最终也是决定它消亡的原因。

当一凝发现自己在爱的时候，她知道也是故事即将到尾声的时候，至少是与他的故事。

爱情只强化了孤独。剥夺了躯体相依的最后一丝平和的慰藉。

种种温暖随时会化为尖利咬啮。成为更切齿之寒。

爱情让人容易沾染暮气。喜欢怀旧，追溯。

被爱情俘虏的人常如老人般回望。只因为前方只有末路。

便感慨"当时只道是寻常"。

因为一道宫墙隔断的爱情，纳兰性德的哀痛便成就了《饮水词》里绵绵不绝的触目惊心。

一凝伏在案上，一任"当时"蜂拥而至。

不及爱情的开始。

与平楚一起到周边的城市乱逛。走很远很远的路。繁华的商业街，不知名的公园。牵着手。

看寻常百姓在跳舞，卡拉OK发烧友在树下放着极大声的音响在自娱，三三两两下棋的人。

走累了在幽径边上的石板凳上闲坐。

隔着单薄的裙子，一凝只觉一阵凉意袭来。然而却听到平楚看老太婆的舞步发出的朗朗笑声。

那个清明的男子家常的笑是如此温暖。

一凝以为他们可以兀自在凡世的烟尘里笃定，彼此相伴。

如果平楚不是一定要一个婚姻，那样的相伴于一凝几乎是平静的。

而平静往往接近幸福。

只是没想到会爱上他。

平楚只不过是个寻常的好人。对她从无心计。

确认自己爱的人是好人,是一件既伤感又悲哀的事。

真正的爱人是无关好坏的。

只有浓烈,只有燃烧。

一些无关痛痒的记忆顽固地侵入,恶意地提示这就是甜蜜。

侦探般病态地迷恋蛛丝马迹,寻求爱情曾经存在的证据。

其实爱情总是在开始就露出了随时要走的端倪,"回味"一词往往是结束的预告片。

那晚与一群同学去唱歌,她在,蔚也在。

一向不好风月的平楚却抢着话筒唱起了那首艳俗的歌,只会脍炙人口的那几句,然而目光炯炯,隔着人群仍感到他的灼热。

一凝唱歌的时候,平楚便略为谦逊地听着,一副情窦初开的腼腆,又有几分得意。

那样的男孩子气。

便勾起她的爱怜。

还有一凝生病时他的周全与细心。

医院里人很多,排队的时候他忽然挤到自己的身后,双手拥着因他的强大而变得单薄的双肩。

一凝后来便坐在椅子上看队伍慢慢地挪动,看这个平日在公司里享有个人电梯的男人在营营的人群中耐心的样子,看他时而穿过人群搜索她的目光,相视而笑。

还有那次地铁里的轻触……

那时他们还没有完全拥有对方。只是朋友，单纯的同学。

一凝坐地铁，平楚来送她。都是近视眼，当看到正确的出口时她兴奋地拉住他的手，可是他却反过来一把攥住她，朝另一个方向走去，笑笑闹闹。

人群中，放在你手心里，是颗怎样萌动的心？

所有平常的"当时"几乎是庸俗的桥段。造物却屡试不爽。爱情便不由分说强行进驻。

那些轻薄得经不起风吹的记忆深深地印在她的记忆里。

当回忆变得像咖啡般浓烈时便是爱情苦涩得难以下咽之时。

"从此无心爱良夜，任他明月下西楼。"纳兰说。

本无所谓良夜，只是爱的幻觉罢了。因爱而良，爱失良尽，遂连当初的平静都不可复得。

守白知黑。黑夜里的痛有多深，阳光下的爱就有多亮烈。聪明如她，知痛便足矣。

爱情本只是一个人的事。何必惊扰明月。

所幸的是她还可以全身而退。拍拍手。便纤尘不染。

不是没有追求她的男人。不是没有优秀的男人。

一凝原不需要一个男人。进入平楚的怀抱，亦只是因为以为没有爱，那样的安全。

然而还是棋输一着。人非草木，孰能无情？

何况是她，一个心思细密的女子。何况他也是好的。

第二天，一凝便赴了一个约会。

如果冬天来了，一定要取暖。

如果爱情来了，一定要转身。

一凝想起游乐场里的碰碰车，相逢是停滞，转身即可飞驰，僵持只会曲终人散。

一凝答应了一直关注她的 A 君。

A 君与平楚是大相径庭的，A 君是那种善于吟风弄月的男子。

体制内的行当，业余捣腾些诸如文学绘画之类的艺术。

有点神经质，自视极高。

她应该不会跟他有交集。只是一个约会而已。

她还是很隆重地打扮了。像是一个告别的仪式。跟他的告别。

虽然他对这一切完全无知觉。

她竟然还化了妆，在涂唇彩的时候，她想起古代女子的那张鲜艳的红纸，轻轻的一抿。

那样的优雅，又那样的悲壮。

就算是离开他的怀抱，也要有所不一样吧。那张真诚的素面，算是留给他心底的印记吧。

A 君果然很有情趣。选的地方人不多，音乐很好。

一个男人在墙角埋首弹唱。陌生的歌。

远远地一凝看到 A 君坐在吧台边的高椅上，修长白皙的手指在灵巧地倒酒。

吧台上有摇曳的烛光。白色的蜡烛漂在透明的浅杯中，烛光中 A 长而细软的头发遮住了半边脸。薄唇，单眼皮。

看到她来，拿酒杯的手轻晃了晃算是打招呼，偶尔瞥一眼她。

说起极深邃的话。忽而人文忽而体制忽而艺术。

一凝笑笑，言道"不懂。"闷头喝酒。

A君深沉地看着前方一排贴着编号的酒瓶，兀自低语。

直到她仓促喝下一大口酒被呛住，咳嗽声引来四座旁观时，A的淡定才完全被打乱了。

A开始期期艾艾地说话，虽然每一句都可圈可点，但总算家常了许多。

一凝仰头一口把杯里的酒喝完，自顾自把空杯子放在眼前。眼前的影像便有了距离。

几乎以为是独自来的。

那个墙角弹唱的男人不知什么时候已离开。只留下一把圆的椅，箍着蛇皮的面。像是一面废弃的鼓。

墙上有倒挂的动物骨骸，粗的绳打着硕大的结。

一个女人在空杯前匆匆走过。裸的肩背白花花一片。香水倒是淡淡的，挺好闻。

A浑然不觉一凝的逃逸，却又开始教她如何品酒。

"别急着喝，酒也是有情的，用你的掌心包着它，呵护着它，它快乐了，心便暖了，你轻轻地晃晃，酒与人便有了默契……"

A富有磁性的男中音与酒吧里徜徉的萨克斯相得益彰。

一凝却已听不到了。墙边的CD架上有张国荣的旧碟。呵，不会有新碟了。

风再起时，风继续吹……

A说话时略偏着头，长的发垂在烛光的侧面，如金的流苏。

不时有英文单词夹在字正腔圆的粤语里。

自觉有着无懈可击的完美。

一凝不断告诉自己不要太刻薄了。事实上她并没有说几句话。

面上一直堆着礼节性的微笑。

然而这样已足以鼓励 A 君。

A 是那种太精致的男人。自有懂得欣赏他的女人。

一凝是路边的一粒沙子，粗砺得只听得到风的呼鸣。

第二天一凝便把手机关了。A 是个自信满满的人，她不担心。

又有个 B 君。B 君是个殷实的商人。

与平楚相似的世俗、自信。但却总少却些什么。

一凝越过 B 君泛红的圆脸想起了平楚的笑。

率真，投入。他是那种真心诚意地欢喜地活着的人。

这世间太多的成功不成功的人都活得很愁苦，有的是真愁，有
的是强说愁，还有的是自虐式的愁。

只有他，兴味盎然地活着，真真切切地乐着。

不张扬，却感染着每一个人。很健康。

虽然他仍是自私的。

然而灯红酒绿中，清晰地记着的，却是他的笑脸。温暖如斯。

一凝不知那晚 B 君对她说了些什么。

B 君是个相貌堂堂的男人。也很实在。

而她的优雅是 B 所向往的，一个最好的合作伙伴。

商人式的思维令 B 君那晚表现得有些超水平。B 君从来没有这
么幽默可爱过。

B 君是个好人。

于是她很礼貌地笑着。如同一个正常的淑女。

走的时候 B 君自然地过来牵住她的手。

僵了一秒钟,她将手抽了出来。她不能因为 B 君是好人就欺骗自己。

拒绝了 B 君那辆鲜艳的跑车,她伸手拦了的士。

没有说去哪儿,司机也见惯不怪地在马路上慢慢地兜着圈。

一阵巨大的悲伤笼罩了她。

神差鬼使的,一凝来到丽的家,阡陌家。

丽没有她想象的家常,飘逸的长发下,一袭睡袍仍穿得风情万种。

孩子有人带开了,丽无所事事地陷在沙发里涂指甲油。

她们照例不说话,虽然那沉默仍显得很吵。

墙上有丽与阡陌的婚纱照,不是时下流行的风格,极传统的照法。

影楼式化妆后的丽雍容圆润,阡陌温厚旷达。

竟是河底磨砺过的卵石,无从尖利了。丽到底明白。

一凝看着红亮的木梯,黑亮的铸铁扶栏像五线谱般向上旋转着。

而丽的足音就像一个个无声的音符在这寂静的家里倘徉。

丽的无所事事令一凝渐渐平静下来。这世上确实没有什么事值得去焦虑。

专注地在粉色的指甲上先涂上紫色的底,再描上白的花,金色的蕊,黑的蝴蝶……

繁复的细节。

是啊,急什么呢?日子不过是伤与痛,爱与恨的堆砌与重复罢了。

她究竟在追寻什么又躲避什么呢?

男人?爱情?性?

仍是没有说话。

喝完那杯顶好的普洱茶，一凝推开门走了。天像来时一样灰扑扑的。

却是安稳的色调。不带一丝情感。

在转弯处遇到阡陌。准确地说是看到那个男人坐在车里。

在离家几步之遥的路旁。

男人看到一凝，打开了车门。

"找我吗？"

"不，没有事。"

"上来吧。"阡陌的命令并无锐气，温和中却有不容推辞的力度。

阡陌想起一凝眉睫上的那颗泪珠，欲滴的姿态。终是怜悯。

"有什么需要帮忙的吗？"

"你觉得你前边的是一堵墙还是一块幕布？"一凝沉默半晌低声说。

"墙？幕布？"阡陌想起一凝桌上昆德拉的书。

"算了。没有需要你帮忙的事，真的，谢谢，有关在公司的一切。"

阡陌的包容任是不动心思的一凝亦是懂的。

"你是个怀疑主义者吗？"阡陌忽然问。

一凝蓦然抬头。

"昆德拉？"阡陌看着她。

"'但我被看到的却不是墙，而是幕布，是布景，而布景是一定能被毁坏的。'爱情也罢人生也罢，都有着原罪般的悲剧吧。"一凝喃喃低语，又低下头去。

白天时看《玩笑》，才翻几页，便看到那段对话。

"那你不应忘记 '一个被贬低的价值和一个没有标记的幻觉有着

相同的可怜的外衣'。'万一你错了怎么办？你如此起劲要毁坏的是真正的价值又怎么办'？"

阡陌平静地说，又看着她，似乎要穿透些什么。

"真正的价值是无法毁坏的。而人生的毁灭却是必然的，附庸其中的爱情也不例外。不是我要毁灭什么，是毁灭从来就存在。"

"村上春树说：'深刻未必是接近真实的同义词。'"阡陌温和而自信。

……

一凝想不到自己会与阡陌讨论这些。

"你在等人吗？"一凝忽然疑惑。

"不，只是一种习惯。每天回家之前都会在转弯这里停一停，收拾心情。"

"回家，如此隆重吗？"也是意外。

"是的，我的唯一的家。"阡陌脸上有笑意。

不可理解。在一凝看来。故乡也罢家也罢，都是一站罢了。

确实，人生本质的孤独促使人们去倾诉交往，然而理解仍是宿命式的不可能。

一凝打开车门走了。

一凝是没有家的。

如果家意味着安全，意味着温暖，意味着有人无条件的付出。

母亲抚养的片断因为年幼已语焉不详。

年少时在已逝的父亲的家族里，这儿住一年，那儿住几载，却也长大了。

母亲只是个淡淡的影子。在年月里出没。最记得是在一凝读大学的那年来看过她。

　　带她在外边过夜，母女俩睡一张床。

　　彼此都拘谨，又暗暗渴望着些什么。然而却僵持着睡着了。

　　天亮时一凝发现自己搂着母亲的腰靠在母亲的怀里。不敢动佯装熟睡。

　　母亲起来时轻轻挪开了她的手，为她做泡面。

　　平时厌恶的公仔面，却一下香得让人垂涎欲滴。后来似乎没有吃过那样的面。

　　却也只有那一次。后来是没有消息了。像她出现之前那样。

　　走的时候塞给她一个电话号码。是固话。

　　打过几次去没有人接。

　　想必总是在路上吧。

　　一凝继承着母亲相同的淡漠。出来工作后也没有刻意找她。

　　骨肉之间，都是不必缠绵的。各自伤痛，各自负担，各自消亡。

Chapter 11 ▎匪风

另一个男人的到来为蔚开启了一扇门

虽然门背后

仍会是空芜

这是铁定的

蔚打来电话的时候，一凝正在看电影。

电影厅在底层，仿佛没有光照到的山洞，穿过弯弯的过道，俯首看去，豁然开阔。

一个人窝在宽软的椅子上。没有认识的人。

手里的纸杯装着热柠茶。没有喝，下意识地双手紧捧着，直到没了暖意。

票房淡季时节，重放一些老片子。

她是不关注情节的。音乐，街景，去不到的远方。

女主角的一条旧丝巾。眉间的皱褶。男人卷起的袖。伸到屋外的旧木梯。

像一本主题暧昧的杂志，东翻翻西看看。

思绪始终是自己的。

"周末过来吗？一起去做 SPA ？"蔚是明快的。

所以不显唐突。

沉默良久。

"好，你来接我。"蔚不是平楚，坐车迢迢赴会便不情愿。

有了平楚之后，蔚自觉地将生活缩成一个以他为半径的圆。蔚是个没有朋友的人。

想起一凝来，对蔚来说是兴之所至。

一凝也是没有朋友的人。只是她没有圆。她是地外的一团未名星云，散漫无形。

没有拒绝是因为平楚。爱屋及乌。蔚是他善舞的长袖上的一簇刺绣，亦清雅。

出租屋里没有衣橱，只拴了一根长绳，挂外出的衣服。

又一面大镜子，一凝赤脚站在地板上，长发从肩上滑下去。

踟蹰间，几分寒意。

见的是蔚，却犹豫不决。哪一件衣服？

衣服对女人来说，也许比男人还要紧些，不一定是名贵的。

在某一时分，它环簇着你，妥帖地让你的躯体安全地伸展。

灵魂不至于惶恐。

末了她钻进一条米色的长裙里，波西米亚风的皱褶，简单朴素。

如果蔚是绣屏上的金丝鸟，那她就是绣屏上的一弯上弦月，淡而远，两不相关。

蔚开的是德产的车，据说外壳硬朗耐撞击。

一凝对车没有研究，仅认识平楚的车的 logo.

有时同一款车路过，心莫名地会紧缩起来。平楚开车时喜欢把手搁在窗边，那样的作态像涉世未深的小孩。在游乐场里横冲直撞，有着浅薄又纯真的得意。

她是一眼就看穿他的，却仍然慢慢地爱上，也是百思不得其解。

在路上蔚不停地说话。

开头她还笑笑，后来就静默了。

蔚无须鼓励仍滔滔不绝。

蔚是个不经尘世伤害的女子。

平楚在蔚还没有经历风雨之前就将她好好地保护起来。蔚便没有再长大。

一切停止在大学毕业后的某年夏天里。

蔚是透明纯净没有机心的。

一凝笑的时候蔚真心实意地乐了，为自己的幽默。

一凝沉默的时候蔚还在眉飞色舞，为的是有人倾听，因为平楚是从不耐烦听的。

路过一片郊野的时候蔚忽然停下了车。

"走，我记得那里有一片荷塘，也许有荷花，哦不，开过了，也许能采到莲蓬。"

在软而湿的泥地里蔚毫不犹豫脱了高跟鞋，金色的鞋跟像水晶般闪亮。

蔚穿着白色的蓬蓬裙，一头卷发，瓷娃娃般可爱。

撩高的裙摆下是一双纤细白皙的脚，在阳光下泛着粉色的光泽。

花和果都太远够不着。

蔚最后是摘了一捧狗尾巴草上车的，没地方插，她只得帮着抱在怀里。

蔚递过来时她看到了蔚手上那只小小的戒指。

线般的一圈白亮，顶上一颗小钻。不隆重，却惹人爱怜。

他是伟岸单纯的树。蔚是灿烂简洁的花。

干净健康的生命在尘世里繁茂婆娑，根须缠绕。

又如人世里汇流的两条清亮的河。在奔流中欢快相拥的浪花。

她知道他的幸福。

痛苦便无从堆砌。

女子生活馆在城市的一隅，边上是美术馆，后边有植物园。环境倒幽静。

有个怪异的名字，匪风。

似乎出自《诗经》，意思大概是"那阵风啊"。

蔚应该是"那阵风啊"的熟客。每个女孩子都认识她。

一进门就有人接过那捧草，煞有介事地装到描金的瓶子里，放在水景边的平台上，倒像是一开始就摆在那儿的。

半开放的雅室有通向阳台的花径，顶上又有一半是玻璃隔断。

两个女人各自泡在漂满花瓣的木桶里。

虽然隐在水里，她仍有几分不安，看那天光朗朗地穿户而来，明晃晃地映得身子发亮，像是肆无忌惮的目光，在木桶里翻出激滟的水波来。

裹了头发的蔚只露出一张脸。闭着眼，少了平日里的柔和，便像丽。

水汽在脸上成珠成雨，又密密细细滑落下来。

在温暖芬芳中她也渐渐退去戒备，如蜷曲在子宫里的婴孩，信任地堕入迷糊。

蔚执意与一凝一间室。

于是她便与他的妻子赤裎相对。

以为蔚要说些什么，却是一片寂静。

馆里的两个女孩子进来的时候，木桶里的花瓣已渐次沉没水底。她拢来揉成一团，涂抹在剪得平平的指甲上，也还有粉红的光泽。

按摩床靠得很近，于是一凝便看到了蔚。

肩上的一颗痣。脚踝上细的链子，绿玉的坠。无端想起影片里的王，罗帐里的艳后。

精油在背窝处积聚，又徐徐地向四面匀开。

小的指头像是某种指引，带她在自己已然陌生的躯体上游走。

停顿，摁揿，推按。原来每一块肌肉都有不同的需索。

下意识地紧缩抵抗，渐觉酸软，疼痛泛红，终是臣服放松。获得叹气般的满足。

末了沉睡。

醒来时脸上一片濡湿。眼上也覆了膜，只看到了阳光透过血肉的通红。

若有若无的音乐由远及近，须臾又溜走，待到你心里软软时，它又叮咚作响，像是一只小汤匙在搅拌，难以名状。

"醒了吗？"竟是蔚。

蔚在"那阵风啊"里几乎没怎么说话。

一凝更是沉默的，在沉默里自我早已逃逸。

这一句话硬生生地便拉了回来。

"嗯"。

有了面膜的遮挡，语言仿似武侠片里的竹叶，飞来飞去，却是与人无关的。

"你试过偷偷地喜欢一个人吗？"

"哦——"一开腔便令人心惊。只能不置可否。

"喜欢一个你永远得不到，也不应该喜欢的人。"

血渐渐便冷了下去。

原也是聪明的女子，不见得会一直迟钝的。

只是不知道是如何得知的。

只觉得自己的情要与别人不同些。

然而一旦要摊开，亦是不能辩说的。

脸膜渐渐变硬，板板的，像是刻意戴着的面具。

"他是不知道的，要是知道，不知该如何诧异呢。"

蔚喃喃自语。催眠般的音乐如抽出的蚕丝，一点点牵引人往更深的地方走去。

"他？"——再听又有些不像。

"是的，他，那个男人。"

"不知不觉就这样了。"明快的蔚幽幽地说。

一凝却安下心来。转而诧异，为什么要告诉她。

也许是看她不爱作声，像一个安全的树洞？

"嗯。"不作声亦不妥，蔚分明要她追问下去的。

"每次在一起都是一群人的，然而他总像要高大些，突了出来。"

"做事又极稳重，对人和气有耐心，你会觉得自己很可爱。"

"他对你很好啊，为什么？"

蔚赞赏另一个男人，忍不住为平楚不平。

"他？哦，他啊，他是对我好的，仅此而已。"

却又听明白了。

他的好是实实在在的，却又是没有落脚点的。

好像很矛盾。

一凝却是知道的。他是个没有情的人。

在雨天里，他为你打伞，甚至不惜淋湿自己。但是他身躯的温热，仍是不能传递的。

她却是要爱上这样的人。

也许潜意识里，没有回应的爱也是安全的。至少仍是一个人的事。不会复杂。

爱情是愈简单的愈宝贵。

愈久远。

"放在心里久了，有些重。你是冰雪聪明的，兴许能卸去一些。"

如迷途的羔羊。

"喜欢便喜欢了。好山好水好人何其多，能遇上是乐事。"

纯净的女子，不忍让她困顿。

"美术馆的画，我是喜欢的，便常去看。回来也是惦记的。没有不妥。"

"你还爱他吗?"还是要问。

"爱吗?应该是的。"

用上"应该"已成责任,爱与责任是不相干的。捆绑在爱上的责任最终只是爱的强弩之末罢了。

看上去健康的爱情下场也不过如此。

一凝便在心里冷笑起来,对爱情。

再看蔚时已觉不同。那一头卷发的芭比娃娃有了心事。

灵魂反而厚重。

对蔚来说,另一个男人更像是爱情。

平楚只不过是在混沌之初掠了她梦想的男人。给她安稳的同时拴住了通往花园的门。

另一个男人的到来为蔚开启了一扇门。

虽然门背后,仍会是空芜。这是铁定的。

对蔚亦没有愧疚。

蔚的世界与她是无关的。

这个世界每个人都只能对自己负责。

当然那负责的含义也是各人赋予的。她只需要向自己交代。

Chapter 12 ▎凉玉

安全的爱是接受存在的东西

并非索取或者付出

都说温良如玉

然而玉何曾有温

借来的热

残留的温终会消散

然而心里已搁了一件事。

能够蜷在自己的世界里静静地爱，是以为他幸福。

当然他现在也是幸福的。但因为蔚的背离，那种张扬得意似乎打了折扣。

便怜悯。

知道一凝与蔚要好，平楚是高兴的。

用世俗的说法，她的识大体令男人安心。是的，识大体。

像章回小说里亲自为夫君选妾的贤惠的妻。

一凝不是妻，更没有做妻的欲望。于她，爱情已是悲壮，婚姻更是惨烈。

只愿窝在个人的壳里看葡萄架上的流光，缓缓地滑动。平楚是她的一个意外。

他喜欢热闹，喜欢在自己喜欢的女人面前显摆。

如果可以在一起，倒是两全齐美。

平楚的想法自私且简单。所以他容易快乐。

堂而皇之地带一凝出席一个商业会议。

在另一个城市。要开很久的车。

没有话说时便放音乐。大学时代流行的老歌。又有过气的港台女星在沙哑幽怨。

"是蔚喜欢的吧。"

"嗯,我也喜欢。"于是他哼了起来。罗文式的字正腔圆,带着戏剧般的摇头晃脑。

平楚并不是个很有品位的男人。

有品位的男人通常潦倒,或者富可敌国。平楚的小富足里有的是大红大绿般俗世的正常。

平楚的小小的富足里有泥土的气息。但他以此为傲。

他穿着昂贵的衬衣戴着黑亮的表。脸上的笑是乡野的风,吹皱一池的水。

席间觥筹交错,男人的世界。

一凝起初是奇怪,平楚毫不介意地带她穿行纯男人的世界。

后来想也许是另一种自诩。他的生活明亮而向上,是可以与她分享的。

她一言不发,满席人只看到一个他。

平楚从不喝酒,亦没有人勉强,杯里粉红色的果汁在碰撞间旋转,像是少女的笑靥。

也不抽烟,脸上有经常运动的健康的光泽。

男人们程度相当,高谈阔论之中不失儒雅风趣。

大多是承袭的家世,理所当然中有着轻描淡写的随意。

平楚却不同，他是靠自己力量走出来的，便格外看重。眉飞色舞间有自得。

一凝蓦然想起《红玫瑰与白玫瑰》里的佟振保。义气，克己，洁身自好。

虽然仍是不同。

王娇蕊是天真而又浪荡的，这样的女人一旦认真起来便是悲剧。虽然爱玲在文中给了她一个尚且硬朗的末稍。

一凝自己是不天真的，也不算浪荡。

应该没有悲剧。然而悲喜是相对的，幸福便也与她无缘。

座间的男人都客气地对她笑着，间或一两句有分寸的打趣，然而也限于此。

平楚不时地在桌下伸过手来，轻轻地捏住她的手。

灯光下的笑脸便像一张画片，热闹得有了距离。

夜里散了席，在酒店的房间里相拥。

才进门平楚就抱紧了她。

下巴上的粗糙掠过她的耳垂滑下颈脖不断游走。

令人窒息的拥抱。

一凝经常惊诧他的热情。

按理说是要渐渐淡漠的，如所有的男子。

也许在一起也有限，而且他确实也没再有其他女人。

说到底放纵终会削弱快感，如他般有度有节激情方能持久。

"男子憧憬着一个女人的身体的时候，就关心到她的灵魂，自己骗自己说是爱上了她的灵魂。唯有占领了她的身体之后，他才能够忘记她的灵魂。"爱玲借振保之口说。

可是平楚从来不关心一凝的灵魂,所以无从忘记。

至于身体,是相互占有的。

之前并无憧憬,机缘巧合,没有强求与俯就。

一凝享用着这个男人。

这是她给自己的爱情的一个借口。或者出口。

安全的爱是接受存在的东西,并非索取或者付出。

存在的是对方能给予的,只有轻松愉悦。

索取只会让对方觉得累,付出终令自己天秤倾斜,成为他日不甘的伏线,于是离散伊始。

能够如是想,她才能沉默。

才能在躯体到达极致后,没有期待,翻身入睡。

但是那一夜是在梦中惊醒的。

醒来时悄悄地钻进平楚的怀里。仰望。他棱角分明的脸。

梦里蔚离开了他,那纤弱的身影越走越远。

而他也只给一凝一个背影,看不清表情。

她摇撼着他的肩,大声疾呼。

他却像纸一样缓缓地滑落在地,她再也触摸不着。

……

高大的男人低落时更为触目。

在梦里心疼到无法呼吸。

在黑夜里贴近。反复变换姿势,仍是有缝隙。

　　熟睡中的平楚温驯地靠在她怀里，如初生的小兽。

　　一凝抚着他宽厚的背，把脸埋在他颈窝里。

　　想象中他的软弱令她惶恐。

　　一凝忽然明白有一段日子自己从不惶恐是因为他的强大。

　　平楚是无懈可击的，没有人可以伤害他。她从不担心。

　　而她是无所求的，所以可以若无其事。

　　知道了这点她大惊失色。原来她以为的平衡是不堪一击的。

　　她以为他的强大是与己无关的，以为自己游离于他的世界之外。

　　却不曾想过他亦会有受伤的时候，她却做不到无动于衷。

　　终是放开了他。

　　赤脚走到窗边，城市的夜光亮，街道空无一人。

　　车流如无目的的星，四处散落。

　　天亮的时候平楚看到一双小兽般炯炯的眼睛。虽然纵横着疲倦的血丝。

　　那样的凝视无端让他有些不安。她对他一直是淡漠的。虽然这样的逼视里亦没有幽怨。

　　平楚伸出手一把把她拽进怀里。

　　"看不够吗？"想着她是因为依恋，又欢喜起来。

　　"没有人可以打败你是吗？"竟说起傻话来。

　　"当然。除非我愿意。你要我输吗？"以为她要他屈服，如一切得陇望蜀的女人。

　　"希望我做什么，承诺吗？"平楚忽然慷慨。

　　他是有原则的，从不会迷失。然而对女人偶尔纵容倒也无妨。

说傻话是不好的开始。一凝忽然警惕。

血液里仿佛有几千年的记忆。她忽然撇起嘴角冷笑起来。为自己的健忘。

或者说为所有女人的健忘。冷笑。

下意识地离开他的怀抱。

"起来吧。你该回去了。"转身去换衣服，裸着的身子在晨光中玉一般泛着凉意。

都说温良如玉，然而玉何曾有温，借来的热，残留的温终会消散。

平楚觉得他曾离她很近很近，像是月台上就快相握的两只手。

然而火车一开，指尖未曾相触便瞬间远离。

有一点怅惘。不过很快便忘却。他是健康而达观的男人。

平楚执意要迟一点回去。

蔚最近参加一个社会团体活动，正在兴头上，也是一天都不在家。

酒店顶楼有大的泳池。

一凝不会水，只坐在水边的阳伞下看他。

平楚喜欢潜水。然而水池澄净，人又少，他静静地潜在池底，给人一种窒息般的不安。

沉静一会儿又倏地滑行开去，像一尾鱼。

有个女人走过来时一凝蓦地有了不快。

女人以色悦人本无不妥。但是那是一个色得从骨子里透出来的女子。

因为明艳，所以连眼珠子也顾盼有神。看上去狂妄狂野，似乎只要愿意世界便会有俯首的谦恭。

　　只是一个无关紧要的女人。

　　一凝却站了起来。

　　"走吧。"

　　水哗啦啦地从平楚身上成股成股扭落下来。才睁开眼，便看到
了那个女人。

　　男人一愣，又急急埋进水里，游远，竟是不能正视。

　　如小男孩儿般的羞涩。

　　一丝凉意骤然掠过。一凝觉得自己也变得陌生起来。

　　要是放在过去，她是漠不关心的。

　　却介意起来。这样危险。如石悬丝。

　　爱情让人狭隘，让人贪婪。

　　让人执拗，自伤。

Chapter 13 ▌木槿

在第一眼看见他的时候丽就知道了结局

他们是心智相等的

跨过岁月

女人天生就是沧桑的

被一个男人左右情绪终究是不安全的。

要么转身，要么重返冷酷的壁垒，没有第三条路。

爱情是伤害的开始。爱情艳丽的纱丽后是冰冷的墙。隔断去路。

对她对他，还有蔚。

结局除了破败狰狞没有其他可能。

而那样的收梢，一凝是不要的。没有人想要。

很多人没有直达终结的目光，所以执迷不悔。

既然看到了悬崖，何必领略飞身一跃的短暂快感。血肉模糊终
是不堪。

夜里迷迷糊糊辗转反侧，渐渐安稳入眠。

天亮的时候听到鸟叫的声音。窗外有高大的紫荆树，开着硕大
的花。

满地落红。出租屋在深巷里，这样的繁茂明艳却是寂寞。

一凝还是豁然清朗。生命本源里的动物天性在自然的欢悦里得

到安慰。

　　她趴在窗台上。看小的生命在树枝上伫立。倏地扑棱棱飞向
蓝天。

　　一朵精雕细琢的紫荆花，急急地从枝头上坠了下去。

　　在泥地里，仍是隆重地仰着脸，一副天真明媚。

　　是周末，但仍要去公司。

　　想出门时电话响了起来。是皓。

　　"好吗。最近。"清晨的新鲜带来明亮的问候。

　　皓似乎有些意外。那样疏淡的女子久违的热情。

　　原意是关心她，却变成了年轻男子的倾诉。

　　在尘世里皓始终固守某种原则，无论是女人还是工作。

　　皓是不轻易屈从的人。所以也不轻易成功。

　　年轻男子有着难得的执著，清醒却不圆滑，遇挫亦不颓废。

　　伺机而待。像垂钓的渔者，笃定冷静。

　　便像大姐姐般赞许。便像小弟弟般撒娇。

　　男人和女人在不同的角色里变脸。俯仰挥手间，天衣无缝。

　　心是明澈善良柔软的。

　　"出来好吗，邀请你参加公司的活动。"一凝也是心血来潮。

　　或许这个明亮的孩子会拉开灰的帘幕，放进阳光来。

　　"哦，什么活动？"

　　"游戏。类似老鹰捉小鸡。"未说完撑不住笑了。

　　"天哪。"皓不可置信地怪叫。

然而已经兴致勃勃地换上了帆布鞋。宽的牛仔裤鼓鼓囊囊地在脚踝处皱叠。

玩游戏是阡陌的提议。

公司业绩愈佳，大伙儿都叫嚷着要举行庆祝活动。

老总的想法却让人大吃一惊。

末了又想明白了。做了父亲的男人，行事方式总有不同。

甚至有人窃想阡陌在家里趴在地上陪儿子玩游戏的情景禁不住哧哧直乐。

相约好在地铁口见面，再一道赶回公司。

地铁里人很多，皓把一凝环圈在双臂里，隔开周遭。

她抬头看去，只看到对方的下巴青青的胡子茬。

稚嫩的男子。

像是牵着骤然长大的弟弟，有说不出的得意。

皓胸前黑粗的绳子挂着一个银饰。古怪的小面具，在列车的振荡中晃来晃去。

像一个缄默的心事，锁在时光里。

公司六楼是创意部。格局与其他楼层的规整严肃截然不同。

整个楼层除了几根粗的柱子再无间隔，墙是裸着的水泥钢筋，顶上刷着黑的漆。

创意部的人很少，却是公司的宠儿，一层楼随他们任着性子折腾，莫名其妙的灯具以工业雕塑的形像隐在各个角落里，又有风格各异的躺椅，吊椅。看上去竟是琢磨如何才能睡着舒服的。

散乱一地的杂志五彩斑斓。倒是找不着电脑。然而一个长发男在墙壁的拉手处一抽，长板滑了出来，连同闪着银光的笔记本。

因为要做游戏，中间便腾出空地来。

只刷了清漆的水泥地板在幽幽地发亮。

两边的吊椅上挂满了食物。又颤巍巍地立着一杯杯色彩各异的果汁。

三五成群的人挤在躺椅上吃东西。

公司人员多，彼此不能一一认识。所以一凝带着皓走过来时竟无一人在意。

阡陌想出来的游戏匪夷所思地普通。

这让创意部的人士鄙视不已。

无非是二人三足、袋鼠跳之类的大众玩意。

女孩子们穿着时尚的运动短裙戴着太阳镜在懒洋洋地聊天。

几个男孩儿不怀好意地邀请人玩二人三足却无人答理。

墙角边有人在掷飞镖。并非御定节目。

渐渐地都围了过去。但掷飞镖的哥们实在太烂。嘘声一片。

"让我试试。"皓跃跃欲试，脱掉外套。

女孩子们忽然双眼发亮，皓确实迷人。

于是屏气等待那一甩手。"嗖"的一声，镖偏了。皓有点脸红。

然而气氛却十分友好，"再来一次。"七嘴八舌的娇声四起。

一凝不禁好笑。

再射的时候却是中了靶心。皓谦逊地退了出来。

"再来一次。"这次却是尖叫了。

"哦，玩得真开心哦。"

是阡陌浑厚的声音，转头过去，丽牵着孩子仪态万方地走过了。

一凝才忽然想起了什么。丽和皓。

已经来不及了。

丽看见了皓。皓看见了丽。

一分钟的凝固后，丽恢复了常态。皓仍雕塑般移不开步子。

阡陌吹了几只气球，与孩子追逐，大家都围了过去。

那孩子白白胖胖，像个雪娃娃，每一步都颤出晶莹来。

丽缓缓地走了过来。

一凝转过脸去看窗外。

阳光明晃晃地照在大街上，蚁般的人群面目不清，四面八方流去。

谁又知道他们会奔向何方。

"还好吗？"

"好。"

"还好吗？"

"好。"

刻骨铭心的爱情流落在岁月里，原来只剩下几句平淡的话。

肉身沉重，精神却如蝶逃逸，有粉尘撒落，终是轻不可依。

然而终不甘心。

"为什么要离开？"皓仍是孩子。

"我们并不合适，虽然你很好。"同龄的丽如女巫般冷静地断言。

"他合适你，你幸福吗？"有悲切。

"幸福。"丽说完走了开去。皓看到她笔直的身影似乎无法动摇。

一凝却看到丽手上掰裂的气球一片片地落在水泥地上。

不远处，阡陌的朗朗笑声分明传来了。混着孩子脆脆的叫嚷。

丽走过去解开阡陌的领带，又喂孩子喝水。

脸上确实是在笑的。

一凝忽然明白了毕业的那年，丽在天桥上卖东西的心境。

梳理爱情的姿势卓尔不群。

藤艺品在偶然的相遇里随车站的人流各各散去，奔赴宿命。

离开与出发，看得多了，总会悟出些什么。

没有历练的皓又怎能在必然的爱情浩劫里给丽不退色的幸福？

青春离开了校园的围墙，梦便难以为继。破碎是不可逆的。

再走下去只有伤痛只能伤痛。

阡陌是一壶经年酿就的陈酒。苦涩与辛辣在相遇之前早已挥发。

在第一眼看见他的时候丽就知道了结局。

他们是心智对等的。跨过岁月。女人天生就是沧桑的。

一凝静静地跟随皓走在大街上。

穿过了十字路口穿过了广场再逛到了狭窄的旧民居。

戛然而止的爱情完美地凝固。君不变，情依旧。哪怕不能相牵。

只厚重了回忆。

伤和痛都是干净的。她不担心。

旧民房低矮。巷子蜿蜒。有一种家常的深远。

空气中弥漫着烟火的气息。再虚渺的思绪亦要落到人间。

走着走着人便忘了目的。

"你猜那些花盆是做什么用的？"皓忽然问。

窄的巷子隔不远就有简陋的盆花挤挤挨挨靠在墙裙，土色的盆，或开着日日新或长着一柱金边剑，甚至一丛草。有一种异样的美丽。

"不是用来种花吗？"说完了连自己都要觉得弱智。

"哈哈，不知道了吧，那是居民用来保护墙角的，你看凡有盆花的地方都是突出的墙角或转弯的地方，来往的车很容易就碰上。有了盆花，既提醒了行人又保护了墙，还起到美化的作用。真聪明。"

皓在研究中恢复了活力。

爱情的杀伤力说到底亦是有限。

不沉溺，一抽身，阳光依然炽热。

走累了他们坐在一截废弃的矮墙上。要拆迁的民房。

墙里有木槿树。开着大朵紫的花。雍容华贵地立在满地的瓦砾中。

"好像也叫木芙蓉。"小时候的庭院是常见的。

好看的花树都在无人眷顾的地方。而城市里川流不息的路边，只长着有气无力的椰子树。让酷热的城市更添绝望。

"我还是走吧。"皓突然说。

"去哪儿？"

"不知道。"男孩的惘然里有一种坚决。胸前的面具仍是不动声色的漠然。

"姐。你会想我吗？"皓突然调皮地说。

他第一次叫她姐。尾音上翘。绵长的。

天空难得地显出澄蓝的色彩，白的微云。

弟弟，一凝想了想这个词语，眼里有瞬间的热度。

Chapter 14 ▎桉叶

一凝的爱情虽然贴近肌肤

却最是寂寞

她与他

是互不相干的

想起林徽音的沙龙来。

青年才俊，雅士闺秀。有闲有趣，还有一种浮于凡众之上的理想主义。

蔚想不到自己也可以。

在平楚的影子下活了太久，原以为生活只是静静地接受。

一切的好意与呵护。

蔚是当年的校花，原也活跃在学校的各种团体里。

后来为君妇，窥君颜，已不知有世界。

在那个社会团体里，蔚的脸色越发红润了。

又每日换着新的衣裙，在眼角眉梢处处流露出鲜活的风情来。

又关心国计民生，关心环保人文，参加各种宣传，每日忙得不可开交。

平楚亦不以为忤。只是偶然露出要蔚生孩子的架势来。转念又想，如此健康活泼，对下一代也是有好处的，待到水到渠成，蔚自会知轻重。

平楚是宽容的。因为强大，自信。

在夜深的时候，蔚未必不会有几丝惶恐。

然而如帆迎浪，在滑翔时的快感中是无暇顾及其他了。

原先只是因为一个男人。

后来是真的喜欢这样兴兴头头的日子。

后来又在这样的欢喜里更加重了那个男人的分量。

对男人的好感往往也是在某时某处里偶然产生的。

究竟是男人的存在美化了彼时彼境还是那样的快乐里男人也显得可亲？不得而知。

情感是最无理的。

人都是喜欢犯规的。在这个充满了道貌岸然的正确的世界里。

蔚还记得，是在 6 月天里吧。

蔚穿着水蓝的裙子，裸着肩，坐在台阶上等女伴出来。

也算不得女伴，只是刚好住在一个小区里，又刚好一路回来。

天也是蓝蓝的，有白云。像是小学时写过的作文的最寻常的开头。

蔚便坐在这样的开头里，闻着草木的芬芳。

男人在一群人簇拥下从对面的大楼走了出来。人群渐渐散去。

衣冠楚楚的男人忽然坐在路边的草地上发呆。眉间轻颦，好看的轮廓，修长的手指。

一片细长的桉树叶子从树上落了下来。

男人轻轻拈了起来，看看，吹一口气，叶子打着旋飞走了。

男人笑了。

也许是他的笑也许是那片叶子也许什么都不是只是因为她刚好坐在这里。

便觉得莫名的感动。

女伴出来了。蔚便走了。

没想到会再见。而且是在那样的场合里以那样的身份。

世事就是这样，再见总是让你措手不及。

那样的相见令人绝望。

然而不要管他。

在清晨里，蔚深深地吸了一口气，房间里有姜花的清香。平楚是不喜花的，只是姜花白而朴素，又有那样硕大的叶子掩映着，他便没有说什么。

蔚打开衣橱，犹豫了一下，拿出了那套紫色的内衣，光滑的缎子面，绣着冷艳华贵的牡丹花。

严格地说，女人心的飞逸是从内衣开始的。

虽然不是约会。但只要有他在，却每一秒都是飞扬的，那样紫色流光的缎子，裹在端庄里，有籁籁的轻响——只有自己才能听到的雀跃。

蔚在胸前挂上某团体的牌子，在英国乡村音乐的叮咚声中，驾车来到那个有桉树的地方。

活动还没开始。

鲜红的条幅在晨光中欢快地跃动。

竟是太早了。

不禁要嘲笑自己。

楼下有咖啡店，没有什么人，蔚坐在临窗的座位上，翻看杂志。

有时尚的男人，戴着巴拿马的草帽坐在有阳光的草地上，颦着眉。

某品牌的广告。

另一页又有一只洁净修长的手，松松垮垮地戴着一只闪亮的表。

这些男人也只不过是道具，没有心的。

与平楚相比，那个男人有一种异样的味道。也许是眉间的一丝忧郁？

蔚无以挥发的母性，在看到那个男人在树下淡淡的忧伤时瞬间萌动。

还有拈叶的一笑，让人想起佛佗的智慧。

一凝走进来时看到蔚嘴角边若有若无的笑。

没开灯，早上的光透过玻璃柔和地把蔚渲染成一幅油画。

她甚至荒诞不经地联想起蒙娜丽莎。

女人有心事时通常是迷人的，带着虚虚惘惘的神情，即便就在眼前，亦是有距离的。

"公司里有重要的事，他今天不能来参加了，这些资料就转交给你吧。麻烦你了。"

一凝径直走过去说。

繁忙的阡陌竟还是某基金的主席，那个活跃在社会上的团体，一凝也是才知道。

然而她更诧异地看到失望像箭一般掠过蔚的眼眸又击进她的心扉。

长的睫毛忽然不胜其重地垂了下来。

蒙娜丽莎的笑转瞬即逝，嘴唇凉薄，无助地嗫嚅着。

不久前的一些记忆骤然重合。如闪电划过。

"你试过偷偷喜欢一个人吗？"

"喜欢一个你永远得不到，也不应该喜欢的人。"

蔚偷偷喜欢的竟然是阡陌，丽的男人。

一个她永远得不到想也不应该想的男人。

幸福于蔚曾经是那样简单的事，然而日子从不甘于平庸。

在那些外人看来天衣无缝的幸福里，又有着怎样的暗涌？

说到底，人们营营碌碌地寻求幸福，幸福总像是蜻蜓点水，最后痛苦却不经意地厚重了生命。

生命不可承受之轻。再单纯的心灵也是要在平淡中寻觅沉重的快感吧。

迷恋泪水。

在生命之初，我们业已大声宣告。

一凝放下资料欲离开。

"陪一下我吧。"蔚望着窗外轻说。

窗外有小贩推着小板车路过。叮叮当当的。兴许生意不错，脸上是自得的笑。

想了想，她还是坐下了。

她看了看自己，出来时急，胡乱套了条牛仔裤，暧昧不清的上装，像个破落户。

只好大口喝咖啡。剧情总有需要路人甲的时候，那么她不介意。

蔚仪态万方地忧郁着，为了不能说出的爱情。

"那边有棵桉树，看见了吗？"蔚忽然说。

"嗯。"也是，城市的绿化带里很少见桉树。

修长的身躯，树皮常年剥落，有着杨柳般柔软的枝，叶子却是没有光泽的暗哑。

"大概有些年头了。"那样的树，年少时在小县城里见得多，公路边直直的一排。

叶子掉得快，细细长长的，转起来像梭子。

蔚是想起了在桉树下初见阡陌的样子。

阡陌是内敛的。沉静的。说不出什么，比平楚总是多了些什么。

再见阡陌是在丽的婚礼上，穿着黑的西装。

和蔼可亲地笑着。轻轻地一个个拥抱家人。

蔚在他友善的怀抱里，悲喜交集。

阡陌却是不知道的，蔚不过是丽的姐。一个明艳的少妇。

泪水怔怔地落了下来。

爱情只是一个人的事。

一凝亦不问。翻看着桌边的杂志。

活着像是一场声势浩大的为难，为难自己为难他人。

在车水马龙川流不息的城市里，各种忧伤裹着繁华的外衣搔首弄姿，如同霓虹拼命闪烁试图忘却，然而她分明看到每一盏灯都是一滴艳丽的血。

在活动中蔚恢复了活泼。

有了心事的女人活泼起来是格外卖力了。像是某种宣言。

丽结婚不久蔚便知道了这个团体，知道了阡陌的事情。

阡陌是在福利院长大的。没有阳光眷顾的男孩，长大了却希望自己成为他人的一缕阳光，纵然微弱也有温暖。

"阡陌"是长大后自己起的名字。取自张国荣的《童年时》：

童年时我与你一双双走到阡陌上 / 你要我替你采花插襟上 / 何时能再与你一双双走到阡陌上 / 每次我看见野花也会对你想一趟 / 童年时我与你打千秋想要攀月亮 / 你说过要我将心挂天上 / 何时能再与你打千秋飞到星月上 / 每次我看见星星也会对你想一趟 / 童年时我与你将颗心刻到花树上 / 你说过两个痴心永守望 / 何时能再与你一双双走到花树望 / 再看看这两颗心有无永远相向

幻想童年的阡陌上，有相伴的足印。何等心酸的心愿。

蔚只能在与他共事中挥发自己，混杂着母爱的爱情。

在说公事的时候阡陌会眯着眼，眼角好看的细纹如醇酒一样醉人。

蔚喜欢他的低首，谦逊中有从容不迫的包容。

于是蔚便乐意去想更多的方法，去做更多的尝试，结果总会得到他的赞赏。

他的赞赏温暖而朴素，眼里有淡淡的笑意。

蔚渐渐认为自己也是个有意思的人。这点很重要。蔚在沉默的爱情里找到了自己。

蔚从不在丽家里见阡陌。

那样不堪的提示像是一种亵渎。蔚守护着这份情感的纯洁。在深夜里被自己打动。

一凝看着蔚在会场上利落明快。听着她颇有见地的安排。

原来蔚也可以成为丽。爱情让人显山显水，有发现自己的惊喜。

竟有几分忌妒。

蔚的爱情虽然深藏不露，却是炽热明艳的。

丽的爱情虽然戛然而止，亦是动人心魄。

而一凝的爱情虽然贴近肌肤，却最是寂寞，她与他，是互不相干的。

没有灵魂的相通。

Chapter 15 ▌浅草

我们所爱的人也许只存在自己的想象中

我们所爱的也许只是某个人的瞬间

所以那个人还在

可是爱的人却已不知所踪

办公室有人来装修，一凝早早离开了。

坐在街心公园里，一抬头就看到皓的家。

可是那个阳光的男孩却去了日本。他说那儿有他遗失的丽。

也许只是自我欺骗的借口。

一凝不禁想起丽的指甲，那样的色调就像日本的浮世绘。工整却诡异。

我们所爱的人也许只存在于自己的想象中，我们所爱的也许只是某个人的瞬间。

所以那个人还在，可是爱的人却已不知所踪。

因此寂寞便像是街心公园无主的狗一样，一片落叶都使它的心跳跃起来。

一凝确信自己是爱平楚的，那个世俗的男人。可她又确信她是找不到他了。

在她的动情中，他反而变成了一个陌生人。

平楚是不关心爱情的。像大多的男人。

在一凝还没有爱上他的时候。他们自然得像屋檐垂下的两股雨水，扭着碰着，最后飞珠溅玉，各奔东西。

她爱上他了，便愿一同滴落在微凹的洼里，在日光里徐徐蒸腾。袅袅的缠绵绵的。追着逐着，成云。

可是她知道他是不能够的。她也是不能够的。

于是他对她的爱情来说，确实是不相关了。

午后三点的样子。天上下起雨来。疏疏落落的。

人愈慵懒。一点点清凉先是沾在脸上的茸毛上，后来倏地贴近肌肤。

像是小的唇，冰凉的，绝望的相触。

可是平楚却不知道。

在一凝的头发被雨水滴湿的时候，电话意外地响了。

"最近怎么啦，小妖精？"亲切中带着暖意。

泪水倏地流了下来。和在冷冰冰的雨水里。

"我来好吗？"平楚听到了沉默背后的不安。他的询问从来只是命令。

后来他们在雨中相拥。而他晚上有一个重要的商业活动要参加。

平楚从来不做这样疯狂的事，这是有违他的原则的。而他是一个成熟的男人。

他对自己的陌生有些不耐烦，他用衣服使劲揉着一凝的发，她发烫的身子。

他思索着记忆中最近的医院在哪里，他确定她需要治疗。

满街的行人在他们身边匆匆而过。虽然没有人看他们一眼。

平楚觉得有些累，还觉得有些难堪。

他用力地把这个似乎受到了巨大的伤害的女子抱到车上。

一凝以为再次看到他的时候她会对他说些什么。爱或者离开。

可当他出现在面前的时候，她知道她什么都不会说。

说了他也不懂。或者不能懂。不想懂。

懂了也没有用。

平楚把一凝放在白得耀眼的病床上。嘴里嘟囔着对这个小医院的种种不满。

在他一丝不苟地安排医生护士的时候她的嘴角不觉扬了起来。

她不是一个认真地活着的人。所以一旦遇到这样的人便要肃然起敬的。

而他，则是真的可爱。

忽然一凝为自己的胡思乱想而惭愧。

平楚不是她能拥有的。她的爱并不能令他幸福。

她也不是渴望拥有他的。那么她还要痛什么呢？

想明白了她便笑了起来。他以为她笑是因为他来了。

前段时间他确实很忙，他觉得他让她寂寞了。

平楚有点内疚。他从来不买花给女人。可是他忽然朝医院门口跑去。

花香熏得他连连打了几个喷嚏。读书的时候他就知道花其实是植物的生殖器。

那么张扬，他是不赞成的。不过既然女人喜欢。

平楚看到一大桶向日葵。那么健康，那么积极。他乐了。他一下子买了一大把。

一凝愕然地看到她的病房像凡高般疯狂起来。

有些花是要一枝枝赏的。像玫瑰，像梅花。

向日葵则是要一大片观的。在野外，花田里，脚下沾着红腥的泥。

而平楚却腼腆地笑着。那么俊朗。看着自己的杰作。

她猛地伸手握住他的手。虽然不能与子偕老。

生死契阔。我们对自己都无法做主。但至少，可以此时，执子之手。

他们的目光久久地胶着。为着这一刻的相偎，她原谅了自己对爱情的投降。

虽然那样的投降也只不过是插了白旗的转身。

一凝说她要出国读书。她第一次求他。

平楚惊诧。因为他以为她是想经常看到他的。

可是她却要远离。并且通过他。

他有些苦恼，弄不明白这个女人的想法时他常常会苦恼。

在生活中他一直是可以把握自己的。而她，经常打破他的计划。

她向他提出要求的时候很有些艰难，于是他便不忍心拒绝她。

十一月，日本遍地秋叶，走在东京街头，脚下是簌簌的破碎的声音。

头顶着澄静如洗的蓝天，一凝忽然心静如水。

她并不喜欢日本。像大部分的人一样。

这个有着太多令人难以接受的文化的国度，却有着让你无法拒绝的美丽。

那是一种天真的美丽，像日本的偶人。

一凝说要去欧洲，没想到最终还是来了日本。

因为他觉得日本较近，感觉上她还没有离开。

而且他是有业务在那里的，去看她也方便。

来日本学的却是汉语，很可笑却不滑稽。

有太多祖先的东西永远地丢失在历史的深处。

可是在异国他乡，你却惊诧地与之相遇。

在秋叶原坐地铁。一抬头看到一串地名，"上野"、"莺谷"、"日暮里"、"田端"……

随随便便几个地名便雅致得叫人惊叹，倒像是娉婷的女子，一抬脚从中国的古典诗词里迈出来似的。

大概是日本传承了汉文化最雅致的某一个时期。无论是文字还是闲情。茶道书法。

而当我们北京的胡同被亲切地称为狗尾巴胡同时，日本却没跟上脚步，被留在通俗化之前的那个时代了。

有些地名一凝是格外喜欢的，像词牌名又有唐诗的韵味。

"浅草"，她想起"草色遥看近却无"的诗句，呵。

"秋叶原"，她想起马致远的"天净沙"。倒像是原装的一对。

没有道理，只是莫名觉得好的东西原应是中国的。

"清澄白河"，那该是诗经的味道了。

这些地名写在一块块白底的木板上，极黑的字，方方正正。也是郑重。

她住在东京清澄白河站附近。那座叫"深川"的乏味的自助旅馆里。

偶尔会上几天学。

多数在东京附近闲逛。

平楚让木村照顾她。木村是他的朋友。一个很沉默的人。

很奇怪平楚会有这样的朋友，几乎是不相干的。木村是一家私人收藏馆的老板，没有想象中犀利的眼神，他从来不正眼看一凝。却是彬彬有礼的。

浅草就像上海的城隍庙，无数的小店小摊，十分热闹。

满街的灯笼，不是中国式的圆，而是略长的椭圆，红的底，大大的黑字留着白边。

在日本过的新年。满街都是穿和服的女人，踏着碎步走着。

衣服上大朵大朵的鲜艳的花装点着料峭的早春。

木村带她去附近的一个神庙。

看到那些黑黑的木结构房子时她有些恍惚。

没有着色，也没上漆，巨大的原木若无其事地祖裸着。

手抚在宽大的没有任何装饰的门板上。她觉得触到了历史的心跳。

在她发呆的时候，木村递给她一块巴掌大的木牌。

"祈愿——写上去。"木村的中文很生硬，一字一顿。

清晰的木纹，那是不是树的愿望呢？

神庙的院子是一片沙砾地，踏上去可听到沙沙的声音。

高大秀颀的银杏树，金黄色的叶子，偶尔，有一片飘降下来。

她把写好的木牌递给木村，木村摆摆手。

"自己——灵验。"沙砾地上，那个挂祈愿牌的木架子沉默着。

那么多的愿望在风中轻轻摇晃。彼此却不相碰，无依无凭的。

说是愿望更像是一个个无声的叹息。因为无望，才在风中飘荡。

她把木牌挂上去的时候听到一阵奇怪的乐声。

"有人结婚。"木村告诉她。

绕过神庙那一根根粗大的原木柱子，乐声变得清晰起来。

像是林间动物的呜咽声，起伏不大，却悠长缠绵。

几个神社里的仪仗人员走过。

两列穿着黑色衣服的队伍蓦地出现在眼前。

太凝重的喜庆。这样的婚礼是让人刻骨铭记的而不是让人短暂地甜蜜的。

有几个女人格外触目，红红白白的衣裙。

她以目光询问木村。沉默的木村笑了。

"全身白色——新娘子。"

她想也是。细看也不全然，宽袍阔袖的白斗篷从头盖到脚，然而行进间，却不时翻出里面触目的鲜红的里子来。

她是很喜欢大多数和服的图案的，繁复的花草层叠的色彩，隆重考究。

然而这样的红白却是赤裸裸的，缺乏参差的对照。丝毫不讲理。

神庙两侧坐着几个硕大的汉子，裹着像道袍似的衣服，正在使劲地吹像芦笙一样的东西。

那奇怪的乐声就是从那里传来的。长长的，呜咽着。

她转身想走。队伍却停了下来。

那个穿黑色西装的新郎终于转过身来。

竟是——皓。

与皓的每次相遇都这样的戏剧性。

皓静静地看着她，眼里有笑。

白色的和服簇拥里，日本新娘子神色端然，那份肃然，竟有几分熟悉。

哦，像丽。

她想起皓出国前说的话。

没想到他真的找到了。

也许只要心中珍藏一份梦想并坚信它存在，它就会与你不期而遇吧。

只是没想到，这样快。

她静静退了出去。

这样整肃的婚礼是不需要看客的。

而祝福早已弥天漫地。

有一些婚姻如神祇般圣洁。

里面有担待有责任有优雅有形式，不需要爱情的点缀仍是美满的。

再随着木村走，便有些走神。

"还去哪儿吗？要不回去休息？"木村体恤地问。

"不，胡乱走走吧。"

走出窄的街巷，便是一条宽阔的大街。四四方方的楼宇鳞次栉比。

简洁的方型，外墙颜色无非是白，铁灰，土黄，锈红。

在很多年前它们就不曾新鲜过，然而很多年后它们仍有着朴素而雅致的美。

与蓝天秋叶交融，像是自然界里风化后的巨石。

几天后接到皓的请柬，印着假面的素笺。

据说假面是过去日本歌剧里的一种面具。好像是叫能乐的。

重的是歌里的韵味，人的面部表情倒是要隐去了。让你专心地听。如此庄重。

《夜宴》里也见过那样的面具，在竹林里，白衣男子颓败诡异的舞蹈。

约到家里做客。落款是两个人的名字。

房子是意外的小，却有个庭院。

照例有个水池，养着大的龙鱼。假山花树一应分布得妥妥帖帖。

白的推门外就是水景，倒影绮丽清雅。

和室简单，一张矮几，几枝花而已。

然而在东京，这样的闲淡已不易得。

女主人穿着家常的衣服坐一旁伺候。长的发随意挽起，低头递茶，露出白而粉的颈脖。

近看才发现年轻。几乎是稚气的。

"妈妈朋友的女儿，吉子。"吉子嫣然一笑，没有丽的刀锋。到底不同。

原来两家却是世交。妈妈蓄意让皓到日本工作。

却是另有企图。看到吉子后，皓却自愿入瓮了。

这样的情致这样的女人，落在都市里仍不经尘扰。皓的心一下子静了。

此去经年，但愿爱情如茶。不夺目，却有琥珀的光泽。

年少的爱情，在一道道品味中，渐淡。

很多年后，不相关的人提起，亦只呀然一唤，哦哦哦，是有过一个人吧。

于皓，也许是一种妥协，只是那样的妥协何尝不幸福。

Chapter 16　▋鸦声

他们是爱情缝隙里相遇的旅人

在篝火堆前取暖

天明就分道扬镳

一凝是刹那相拥里遗落的手帕

径自在石堆前因风摇曳

独自褪色

回到旅馆，天已然黑了下来。

窗外，是几株高大的松柏。一团团黑色的阴影在轻轻晃动。

"寒鸦数点，流水绕孤村。"

一凝第一次看到乌鸦。那么坦然地在都市里栖居。

偶有几声长啸，凄美并不萧索。

整个身子都泡在温暖的水中的时候，电话忽然响了起来。

"是我。"——丽。

那个清绝的女子。永远在你不设防的时候出现，让你无法伪装。

"我想你需要回来一趟。"电话就断了。

再看到木村的时候，他的眼神便有些闪烁。

"告诉我。"一凝的目光咄咄逼人。

"他——他——"

木村没有把话说完她就跑远了。

离开只是爱的另一种表现形式。让爱更自由，让爱更像是爱，让爱更有尊严。

可是前提是他好好地在世上存在着。

千江有水千江月，万里无云万里天。

但凡这世间有风月的地方，她便与他同在。

这样的爱便可以不流于世俗的审视，也超越凡尘琐屑的折磨。

这样的爱虽不贴近肌肤，却深入肺腑。

她不要他有事。

几个小时，人便穿越了千山万水。

相近情怯。

那般汹涌地想要见到他，果真相近了，却踌躇了。

平楚在医院里。只是为了避闪一只狗。他把自己置身于更凶险的境地。

人是多面的。他自私、贪心；他善良、仁慈。

一凝知道自己爱他所有这些。

她推开了那扇门。那个儒雅的学者般的主治大夫冷冷地看着她。

她不管。

"我想可以把我的肾给他。"她嗫嚅。

"不需要了，已经有人捐给他了。他的妻子。"

一凝分明看到那人眼中复杂的同情与狐疑。

病房外，一凝久久地伫立。

已是初春，南国的春亦是温温吞吞的样子，小叶榕树上的叶子半绿半墨，偶有几片犹豫不决地往下掉。远处花坛边的灌木丛开着密密细细的黄色小花，想必有香。

蔚在病房里面守护着平楚。无微不至。

透过玻璃，只见蔚已清瘦，韩式的宽袍广袖越发显得她小巧玲珑。

平楚柔弱地靠在蔚温柔的怀里。安全的。

风便吹了过来，不痛不痒，百无聊赖的样子。没有明显的方向。

一片叶子直直落了下来，又有一片。小小的椭圆肥厚，躺在草地上，叶柄微微向上翘，仍是天真的。

不诉离愁。

没有四季。南国从来不习惯以彻底的姿势，推波助澜。

空气中濡湿的味道像是幼年时的春夜。母亲手掌的轻触。

哦，是的，母亲。

"走吧。"丽在她身后冷冷地说。

两个女人走出了医院穿街过巷，漫无目的，漫不经心。灯火已然阑珊。前面是那条她们相识的天桥。

阴暗里天桥身影佝偻。无数行色匆匆的人走过。不知道奔向何方。桥廊上悬着欲坠的广告牌，不时摇晃。

一凝想起她挂在日本的那块祈愿牌。

她在上面画了一张鬼脸。嘲谑的。

至今还在风中翻飞……

木村打来电话时一凝已经进入梦乡。

骤然醒来。电话又已停了。

旅馆的窗纱上有隐约的梅影，白色的绣花在窗外城市的夜灯中变成灰黑。

不假思索拨了另一串数字。

在年月里早应生锈剥落却又不经意烂熟于心的号码。

手心是濡湿的。

嘟嘟声响起，几乎要后悔。

又要嘲笑自己，漂泊的媚又怎么会安于几个数字的约束？

惊扰的恐怕只是自己的心。

终是等到声音传来。

"喂。"母亲的声音悠长，却是老了。

北方的一座小城。

母亲竟是待在那里好些年不曾离开过了。

平庸混杂的建筑群里，一间两层的民居。

侧面的墙上有计划生育的标语。红砖的墙缝里菟丝的绿茎探头探脑地摇曳着。

楼下铺面租给别人做药房，清清冷冷的玻璃格子摆着红红绿绿的纸盒，透明的小瓶子。

一路问来，终于看到了阔别的她。

坐在二楼的栏杆旁看书。有阳光。一株绿萝从栏杆间垂下来。

下面是车水马龙的街道。

极喧嚣的窄街，电线蛛网般纵横，母亲的身影遂划成无数的碎片。

不是一凝想象的样子。

事实上她对伊从无想象。

伊穿着长的居家棉袍，拦腰却是一条光亮的长丝巾，大概是随手拿来束腰的，长的发遮住脸颊看不清表情。

然而还是老了。不过看书没有戴眼镜，又实在让一凝惊异了。

吃饭的时候来了个男人，看上去比母亲要小许多。

娴熟地摆桌布筷，饭后在柜子里拿出药提醒母亲按时吃。

拾掇完毕对一凝笑笑便走了。说是要赶着上班。

几乎是谦恭的。分明没有回应的殷切。

母亲没有说是谁，一凝也不问。没有好奇心固然会失却许多快乐，但亦不免少却几许烦恼。从小到大，很多事没有人说，一凝便只作不知。

母女俩的相处是安静的。

一凝看着时光在那个从不妥协的女人身上雕出浓浓的阴影来。

泾渭分明，没有模糊。

一起走上楼梯，与母亲并排走的时候一凝才意识到母亲并不高大，仰视般的身影只是很久远的记忆罢了。

伊头发仍是黑的，腰板挺直，但确实枯萎了。

直到走进母亲的卧室。

媚打开卧室门的刹那，一凝忽然悲愤莫名。

分明是爱冢。

素的帘帐，一壁书，又有一幅发黄的卷轴，草书蛇委，辨不出是什么字。

依稀记得母亲当年爱的男人是小有名气的书法家。

书桌的笔架上挂着大大小小的竹管，近看才知道是秃笔。

看得出久已不用，竹管干裂了却又光滑如蜡。

那个男人亦不过稍纵即逝。媚却要浪迹天涯去追寻。

墙上有媚年少时的照片。巧笑倩兮，美目盼兮。

在寂寞的时光里凌迟。这就是所谓的爱情？

这就是伊"喜欢做的事"吗？不禁冷笑。

一凝走的时候，那个男人一路送到车站。

"不要怪她，她只是个任性的孩子。"男人说，"不用担心，我总会照顾她的。"

男人如在海边捡到贝壳的旅人，百般擦拭，守护华美的空壳最后的流光溢彩。

一凝自顾自走了。

爱情是那盛大的篝火，如果你愿意做那只盲目的飞蛾。

火车轰隆，一凝抱着背包蜷在上铺。

包里有父亲的笔记。硬硬地硌着身子。有痛。

父亲的爱情。

不知又是怎样的灰飞烟灭。

泪水一滴滴滴落下来。

母亲的房里没有父亲的影子。他们是爱情缝隙里相遇的旅人，在篝火堆前取暖，天明就分道扬镳。

母亲甚至不曾向她提起他。

一凝是刹那相拥里遗落的手帕，径自在石堆前因风摇曳，渐渐褪色。

车窗外闪过陡的山崖，顶上一抹衰草。

底下有深不可测的森林。

站在那样的凌空之处看黝黑的森林，想必有一种莫名的吸引吧。

就像爱情。

然而无可抵达。

Chapter 17 ▌落樱

平楚的善待是要比他的爱情更为珍贵的

便心存感念

然而都看到了春归去

流水或尘土

湮灭

在清晨重返东京。

原是说好让木村来接的。一凝却径直走进了地铁。

转来转去到了新宿。一抬头看到"新宿三丁目站"便下了车。

是因为那个名字。让一凝这样的粤地女子蓦然想起林夕的那首悲情之作，《再见二丁目》。

直击肺腑的粤腔粤韵，不可或缺的港式苍白，电影片断般的细节描述，悲情的符号亦不过是一街一柏的动摇。

"满街脚步 / 突然静了 / 满天柏树 / 突然没有动摇 / 这一刹 / 我只需要一罐热茶吧 / 那味道似是什么都不紧要 / 唱片店内 / 传来异国民谣 / 那种快乐 / 突然被我需要 / 不亲切 / 至少不似想你般奥妙 / 情和调 / 随着怀缅 / 变得萧条 / 原来我非不快乐 / 只我一人未发觉 / 如能忘掉渴望 / 岁月长 / 衣裳薄 / 无论于什么角落 / 不假设你或会在旁 / 放心吃喝 / 我也可畅游异国 / 再找寄托。"

"岁月长，衣裳薄"，余下的岁月因为没有你而显得漫漫无尽，身上的衣裳却偏偏单薄无依无以取暖。

本是没有逻辑的，但那种无以名状的悲凉况味，却丝丝入扣。

二丁目是男同性恋区。

满大街的小攻与小受，清亮无辜的眼神里有妖魅的光。

一凝想起酒吧里调酒的小弟。

后来有一次去的时候就看不到他了。忍不住问起旁人。

原来阿图去了另一个城市，他也尾随而去了。

明知道喜欢一个正常人是无望的还要执著，这就是所谓的爱情。

同性恋亦好异性恋亦罢，爱情的悲恸总是一网打尽。

"那种快乐，突然被我需要"，"原来过得很快乐，只我一人未发觉，如能忘掉渴望……"

——没有爱情之前是快乐的，但爱情让我们贪婪，让我们忘记了一罐热茶一曲民谣的快乐；而爱情作为快乐的实体本身却难以捉摸难以挽留，只能在怀缅中让人萧条让人凌落，而且注定不能回到简单的过去。

木村后来终于在二丁目附近的茶室找到一凝。

原以为她会酩酊大醉，没想到一凝却端坐着，目光清凛。

只喝茶。小的空间，席地坐着，朝院落的那一面拉门敞开着。

茶室里流转着古老的三味线的乐声。这边的茶室已很少有人放这样的乐曲了。

三味线音色单纯，弹奏并不轻易，必须对乐曲有独到的见解，才能充分展现乐曲的魅力。像中国的古筝箫笛，独自铮琮鸣咽，在空谷里低徊，别具韵味。

木村静静地坐下。

红褐色的圆木托盘里只有一壶一杯，简单到极点。

穿和服的"女子"低头蹑足进门，添了杯子斟了茶又悄无声息地退了出去。

妆容极尽妍丽，不细看不知道是男着女装。

最是那一低头的温柔，眉目尽垂，只看得樱唇上红艳的一点。触目惊心。

递茶给木村的时候，那"女子"纤指轻轻在他手上划过。眼波一转，百媚嫣然。

木村亦呆了，如木塑般目不转睛。

半晌，"怎么想到来这里。"木村显得不自在。

一凝笑笑。

"过去茶屋是有艺妓表演的吧，那些与世隔绝，只是象征盛装艳服、多情善感、脱俗超然气质的女子。"

以人来做标本，满足没有爱情可思慕的年代，像是中国的青楼名妓，顺便打包爱情。

"现在也有，只不在这里。"

"听说过去的艺妓的表演费用，依时间来计算，燃一炷香为一次，一次的费用称做一枝花……"

木村刚想说什么又被一凝打断："我唱歌吧，你也送我一枝花。"

"有时候，有时候，我会相信一切有尽头，相聚离开，都有时候没有什么会永垂不朽。"

一开腔却是王菲的《红豆》，泪水便溅了出来。

木村听不清她唱什么，神思仍滞留在刚才"女子"的眼波中。

怔怔的。无限惆怅。

一凝轻声哼着，茶醉人清减，脸颊一寸寸消瘦。

木村忽然小心翼翼地问，"去看看我的私人馆藏，有兴趣吗？"

一凝有些诧异，转而几分惭愧，从来没有过问过木村的事，一味接受他的好意，这是失礼的。

于是默默跟了去。

走出茶屋外间，陡然看到两个男子在墙角处拥吻，干净的衬衣领上有凌乱的唇痕。

一个男子匆匆走进来，目光落在木村身上。无尽希冀。

又看到木村身边的一凝，幽怨中有猜疑。

木村窘态毕显，拉着一凝走出了门。

外面是一条窄街，冬日里并不萧瑟，有熙攘的店铺，卖着时尚的饰物。

双双对对的男人亲昵地逛荡，一凝倒像是天外来客了。

转了车，来到那个安静的区域。

是一间不起眼的两层的宅子，灰的墙，黑的木门。

有小的庭院。一棵树。

隐在一众拥挤的民居里，推开门迎面一块低矮的石头，刻着"古池青蛙"，算是馆名。

看出一凝的疑惑，木村便说："知道日本的'俳圣'吗？"

一凝恍然大悟，课堂上听过的，江户时代的诗人松尾芭蕉。

"闲寂古池旁，青蛙跳进水中央，扑通一声响。"是他的名句。

记得那个老师在课堂上极其抒情地赞美："这首俳句描写了一只

青蛙跳入古池的一刹那。在这一刹那，四周闲寂的静与青蛙跃入池塘的动完美地结合了起来。整首俳句飘逸着一股微妙的情韵和一股清寂幽玄的意境……"

一凝却不以为然，要论清幽莫若王维的"人闲桂花落，夜静春山空。月出惊山鸟，时鸣春涧中"。还有"明月松间照，清泉石上流"。

要说写青蛙的也有，赵师秀的《约客》："黄梅时节家家雨，青草池塘处处蛙。有约不来过夜半，闲敲棋子落灯花。"

青蛙虽聒噪，但更衬托出人心的静谧了。

然而木村看来很喜欢松尾芭蕉。

又给她吟了一首《赏樱》："树下肉丝、菜汤上，飘落樱花瓣。"

同是落英缤纷，一凝却没来由地想起史湘云醉卧芍药花的媚态。肉丝菜汤上撒上樱花瓣，听上去更像是一道精美的粤菜。

走上两级台阶，有黑的木门，黄铜的手环。

推开进去，除几根木柱，中间并无隔断，看上去不大的房子里面空间却开阔。

而且特别的是充分地利用了自然光，屋顶有许多明瓦，投下柔和的光线来。

每一件藏品都放在恰到好处的地方。收藏的东西芜杂，尽是日本民间的物什，书信，布片，女人的头饰，衣服，花器等等，据说是从木村的祖父那一代搜罗回来的。

一凝也不会看，只是听木村结结巴巴地介绍，夹杂着日语半懂不懂的。

末了只会相视一笑。

木村单眼皮，薄的鼻翼，短而直的发。左脸上有小小的酒窝。

才发现木村亦年轻，也许要比自己小的，只是在收藏器物的过程里沾染了旧时光的气味。严谨之外有别的情趣。

连步履都是缓慢的。东京的光怪陆离，竟是彼此观望各不相干的。

直到四月间，一凝才见识了松尾所描述的赏樱盛况。

平楚是在四月初来东京的。正是日本国樱花烂漫时节。

木村安排他们到东京西面的箱根去赏樱。

据说在日本赏樱花最有特色的地方当属箱根了，箱根是日本最具代表性的旅游胜地之一。

每年春季，樱花从箱根的山脚逐渐向山顶蔓延，像是绯红的轻云渐渐飘上天空。

箱根随处可见热气腾腾、烟雾弥漫的日式露天温泉和小巧玲珑、古色古香的日式旅馆。一边泡温泉一边赏樱花，还可远眺富士山。

木村细心，刚康复的平楚确实需要如此疗养。

走在芦之湖边，一树树樱花如堆雪砌玉，映在青山绿水间。

粉粉的花，像曾经的青春，无论怎么样的枝杈上面都是绝美的姿态。

与上野或新宿路边连成一片均昂首向阳的樱花不一样，这里的花是野的，枝杈随意纵横四向伸延，明灭出没，粉的花瓣落在泥地上，水面上，碎碎的一片雪。旁有新芽初发的树，绿得迷迷蒙蒙，亮得晶莹剔透。

平楚沉默了许多，不若以前。

两人牵着手走了一段，又不知不觉放开了。

湖边风大，一凝肩上发上都有了粉的白的花瓣，簌簌地抖动着，平楚想起很多年前校园里一凝发上的草屑。走近轻轻一吹，又都落下了。

便把一凝拥在怀里。一凝只抵他的胸前，听得到心沉稳的跳声。没有波澜。

"书读得怎样？"

"嗯，很好。"

确是真话。一凝从没有认真做过什么。此番学习，倒是被吸引了。

读书是比爱情更安全的地方。

而且快乐。

当知识不与考试、生存相关的时候，它是如此美丽。

求知欲伴随着个体的一生，每个人的存在都是亿万斯年里的一点。

穷一生向前后张望，求证一字一句的韵律，一事一物的来历。

有趣且奢侈。

想到这里一凝忽然退出平楚温暖的怀，转身倚栏，湖面上是富士山的倒影，蓝的天下白得耀眼。

"谢谢你。"郑重由衷地。

不是习惯表达情感的人。唯有背过身去。

也是因为眼前这山这水。明净的白，透彻的清。那句话便像是富士山倒映在水里的容颜。端庄。

平楚的善待是要比他的爱情更为珍贵的。

便心存感念。

"照顾好自己。想回来了，我总是……"

想要再把一凝拥到怀里来，平楚又觉出一丝丝无力来。

蔚的肾紧紧贴在腹腔的一侧。

无端纠结。

旅馆是低矮的一层，屋中有池，与暗渠相通，引进户外的温泉，热气白茫茫地在屋里升腾，消失在屋顶黑的木梁间。

不时有白的粉的樱花瓣随着水流涌进来，回旋几下遂又沉到底下。

底下是光滑的卵石，黑的黄的白的一起晃动，波光潋滟。

房里有很大的窗，正对着富士山。

夜色中富士山像女人隆起的乳，苍白，寒冷。

又如孤独的白发披散，一根根覆盖了岁月的黑。

泡在温暖的池水里，却没有相拥的欲望。

屋里没有开灯，窗前的樱花树在户外射灯照耀中竟是殷红的，有细碎浓重的阴影，诡异迷离。血祭般凄美。

而一凝记得白天时它是白色的，含着胸，如身着素雅和服的女子，低首。

前后七天的样子，不管是红是白，这一树灿烂都会凋零的吧。

中国人习惯伤春，苏东坡有"春色三分：二分尘土，一分流水。"的名句。

写尽了春光易逝的伤感。

虽然花落无情，好景不长，然而春去有"归"：一部分归为尘土，一部分归为流水。

感慨之余，仍心存仁慈。春便有了轮回。

日本人却认为人生短暂，活着就要像樱花一样灿烂，即使死，也应该果断离去。

远古时他们在樱花祭中献上七岁孩童以祈五谷丰登，如今他们在樱花树下喝酒唱歌及时行乐。

境界终归不同。

一凝的肤色略黑，在水里如湖边光滑的石。闪着微光。

平楚终是鱼般潜来，贴着她的肩，轻轻一拉，一凝便滑落平楚的怀里。

觅上唇来，碰触，手在背上轻拍，更像是一种安慰。

末了埋在彼此肩颈上，嗅着水气中淡淡的硫磺味。

樱花在夜风中簌簌而落。

算来还有两三天的样子，就要开尽了。

"细看来，不是杨花，点点是离人泪。"东坡看着漫天柳絮叹息。

然而离人往往没有泪。

平楚与一凝两相凝望。无语。

都看到了春归去。

流水或尘土。湮灭。

回东京的那天木村在自家的庭院里款待他们。

矮墙挡不住春光，走到门口时一凝才惊觉庭院里的那棵树是樱花树。

不高，老的枝黝黑，一地的白樱花瓣。

"春已归去，樱花逡巡而开迟。"

花开败了，露出枝上的新绿，尖尖细细的，怯怯地等待樱花彻底离场。

地上铺着格子布，摆着赏樱的糕点。清酒。一台古旧的录音机，平时摆在藏品里，想不到还能正常使用。咿呀着日本不知所云的歌曲。

盛糕点的一套碟子看上去像是中国的陶瓷。

也许不是。红纹白底，是菊花的图案。菊花是日本皇室的标志。

两个男人把盏叙旧。

木村对平楚极为客气，却又说不出什么。只一味劝酒。

清酒甜淡，如水，一凝亦频频添。不多时，花与树，人与景都轻轻旋舞起来。

碟子里的糕点是江米做的团子，塑以各种形状，或叶或花或果，又描上淡淡的颜色，叫人不忍下箸。

微风吹过，有花瓣落在糕点上，衣襟上。才觉出了松尾俳句的意趣来。

看得久了，木村忍不住问："你也喜欢这套碟子吗？"脸上露出难得的笑意来。

原来这套瓷碟却是平楚与木村的缘起。

在一次拍卖会上，平楚看上这套民国仿明朝朱元璋时期的瓷碟。

因为是民国仿古瓷，买家并不多。价格适宜，用来送礼恰到好处。

迟来的木村与之失之交臂。木村深感沮丧。

木村父亲值弥留之际，而他是喜欢花卉陶瓷的。这套民国仿古瓷碟品相细腻，色泽典雅，更重要的是那菊花的图案暗合了禅意。

"郁郁黄花，无非般若"，那渺小的、稍纵即逝的菊花，和永恒的、伟大的古佛在同一艺术氛围中相映成辉，他们本质上是一样的，有着相同的灵性和神髓。

"菊花香哟，奈良的古佛们。"这是松尾芭蕉的俳句。若能将菊花碟赠与父亲，那确是一种安慰。

木村托人找到平楚。

得知原委，平楚几乎是不假思索地将套碟送给了木村。

平楚有业务在日本，一去一来，便成了朋友。

对古藏毫无兴趣的商人平楚与木村竟然惺惺相惜起来。平楚就是那种热情率真的人，虽然世故，但对生活从不怀疑，少有人不被他感染的。

虽然他和木村仍是无法相知的。

各怀情致，在树下对饮，亦有这样的相交。

平楚坐夜间的班机回国。

木村搀着喝醉的一凝看夜空里闪烁明灭的飞机渐渐消失。

女人发间有樱花的淡淡香味。睫间有潮气。

木村陡然有了怜意。亦只是怜惜。

木村是不能爱上女人的。

平楚并不晓得。

平楚是清朗干净的男子，有着喜气明媚的天空。木村那样的世界并非平楚可以想象。

在拍卖会上看到平楚的刹那，木村忽然心如鹿撞。

平楚是不懂收藏的，只是陪朋友来看看。周遭的精明锐利映衬出他的清明简单。

经常运动的平楚有着健康的色泽，细长的眼睛聪明率真。

修长的手指伸过来握住木村的手时，木村竟然有窒息般的感觉。

他本是可以买另外的瓷器给父亲的，却以此为借口接近了平楚。

木村并不知道自己是攻是受。他对自己的秘密讳莫如深。

父亲的藏馆凝固了时光，也跳过了他对自己内心的审视。

他从不去二丁目，那里流动着让人不安的欲望，与幻灭。

木村是洁身自好的。内敛的忧郁。

平楚每次到东京，木村都要想办法见上一面，哪怕惊鸿一瞥，亦是心旌摇曳。

平楚坦荡且真诚，无须言语的沟通温暖仍直击心怀。

总是长长的离别，木村耽于这种干净得唯美的忧伤里，感情变得高贵。

一凝的到来让木村的爱有了依附。

让他与平楚之间有微妙的联通。看到女人睫间的潮湿，木村感到自己的抑郁有了出口。

一凝脸上的落寞与思念在木村眼里，熟稔得如同镜子的影像。令人心疼。

他悄悄地吻了吻女人的长发，嗅出了平楚的味道。

……

平楚透过窗子看到夜空一片漆黑，飞机呼啸着飞驰，穿越时空。

樱花女人和酒。渐渐模糊。

有些我们以为会一辈子携带的东西，走着走着，再也没有下落。

当初的珍重在路途上颠簸。

一寸寸遗落。

从不忧郁的平楚悲哀地发现。

他已不能再来。

……

Chapter 18 ▎茶烟

爱情不就是悬崖下的那片不可抵达的森林么

来到了却不必纵身

却兀自寻找爱情沉溺爱情的人生

只是不断地走过一道又一道的悬崖

但却不必投入不必毁灭

三年后的一个春夜，一凝在东京银座的一间酒巴和蔚喝酒。

蔚俨然平楚的左右手了。因他公司里的业务才来的东京。

平楚不再把蔚看做赏心悦目的花，而是确实地依仗她信赖她了。

而一凝则接受了木村的邀请，为他的私人藏馆工作。那个只会说生硬的汉语的异邦人。

连言语都不必沟通，是更省事的选择。

一凝以为，木村看她，亦不过一异国女子，有着谜一般的忧郁。

不用懂，像是收藏起一瓶酒，看看闻闻，亦是乐事。

又像是拍卖行里敲定的一颗玉印，镶在日本的竹纱纸上，晕出叫人惊讶的纹络来。

不懂虽然寂寞，却有趣，失却许多无谓的伤害与失望。

剪了短发的蔚露出细的眉，尖的下巴，仍是娇艳的，眼神却有了来历。

倒也是迷人的。

长的吧台，两个风情万种的女人。却是历尽千劫般的冷漠，没有人会打扰。

"他还好吗？"

"嗯。"

"你呢？"

"也好。"

"那个人呢？"

"忘了吧。"蔚举起鲜红的酒一饮而尽。"不就是为了忘却才爱的么。"

一凝忽然震动。

"他朝两忘烟水里。"她想起《天龙八部》里的荡气回肠。虽然是迥然的。

爱一个人，原只是为了更彻底地忘了他。

因为在尘世里，他已走过。于是放心。

纵横阡陌，粉蛾绕花，春光里相媚好，花事未完，人已远。

遇爱记得转身。

酒吧里有男人哼着古怪的歌曲。黑亮的乐器。

男人穿着裙子，鲜黄的裤子在裙脚处露出。长发虬曲，旧银的颈饰。

墙上有酒瓶盖拼出的日文"当秋风起时，我已将你忘记……"

总会忘记的，在某一天，或许就是现在。

像是一个梦魇。终会醒来。

蔚没有告诉一凝，那个下午。

她与阡陌坐在车里一同出席一个活动。

许是太累，阡陌竟睡着了。

头轻轻晃着。后来竟垂在她的肩上。

蔚看到阡陌发间的几根银丝。白而透明。

禁不住要伸手去拔，又怕弄痛他，手只停在半空里。

男人在梦里仍蹙着眉，眉宇间有令人心疼的无助——蔚认定那是一种无助。

蔚转而轻轻地用手抚摸他的发。

最后一次。相触。

心里忽然就释然了。

他以此番身份来尘世让她倾慕，只是为了让她明白。

爱情并非可以拥有，那些自以为能够拥有的人啊，正在船上，一步步远离码头。

风景依然清晰，天依然很蓝，日子似乎很长。

然而在某一时刻才恍然惊觉，不知什么时候，渐行渐远。

蔚自此退出了阡陌的基金会，退出那施予别人阳光的团体。

退出了百转千回的爱的囚笼。

她开始在平楚的公司里出现，寻找人生更为笃定的乐趣。

她读书时就有语言天赋，此番重新收拾，又请了几名外教点拨，竟是触类旁通，一跃成为公司里对外沟通的要员了。

经常出境处理业务，看不同的风景，与形形色色的人交谈。

不是爱情的失意，感受不到平实的可贵。蔚仍是感激。

那日阡陌醒来，只闻到一阵幽香，耳畔挨着一只小方枕，上面是维尼熊的大肚皮。

蔚在车下等他。背影依稀有点像丽。待转过头来，却是蔚那明艳的脸，柔媚而疏离。

阡陌不知道有过一个女人曾如此的靠近。

然而梦里依稀又有温滑的记忆。暖暖的。

如完成一个宿愿。年少时虚空的足迹，在年月的阡陌上若隐若现。

有许多不曾擦亮的爱情，如风，掠过田陇。

也许在孤独的时光里，一直有人在。

无须交会。

蔚又何尝知道一凝三年前曾在病房前的驻足。转身。

去国离乡。别爱。

在异国低徊的民谣中，一凝蓦然想起很久前火车窗外的那壁悬崖。

衰草。诱人的森林。

爱情不就是悬崖下的那片不可抵达的森林么，来到了却不必纵身。

因为透彻地预知那样的结果，所以早已明白。

却兀自寻找爱情沉溺爱情的人生，只是不断地走过一道又一道悬崖，但却不必投入不必毁灭。

"忘掉我跟你恩怨　樱花开了几转　东京之旅一早比一世遥远　谁都只得那双手　靠拥抱亦难任你拥有　要拥有必先懂失去怎接受　曾沿着雪路浪游　为何为好事泪流　谁能凭爱意要富士山私有……"

一凝听到陈奕迅低语。

三年的悬而未决，仿佛就在那天，一凝戒掉了爱情。

却发现世界如此广阔，生活蜂拥而至。

爱情让生活充满指向性唯一性，一叶障目，感受不到生命的丰厚与缤纷。

戒掉爱情，生命悲凉的一面便瞬间隐退，对个体生命的爱才姗姗而至。

如逃离狐精的男子，天明站在荒草丛里，抬头望望朗朗天光，重新走上正途。

那晚喝到半夜，木村终究不放心，过来接她们。

蔚下榻的酒店就在附近，下了车，她步伐仍是稳健，快进门又回过头来一笑。

说到底，只要不想醉，没有酒可以伤人。

蔚的笑并不惘然，有佛般的慈和。

一凝住在藏馆的阁楼里，木村住在藏馆后厢的房里。

阁楼里有大的木窗，平日里支起，便有光射入。日间坐在窗前可看到木村在院子里走动，用树下的水笼头洗漱，在后院里晾衣服，把藏品拿出来晒太阳。

接待参观的访客。

毕竟是个年龄相仿的女子，只恐她日久生情，或是要误会他，刚开始木村不免要踟蹰，后来看一凝专心学习的样子，渐渐放下心来。

一开始一凝只是忧郁任性，自私。

目光里有绝望与凄苦，披着坚硬的伪装。在学习工作中艰难地忘记。

努力忘记的时候通常是不舍放手的时候。

看她无助，遥想平楚翩翩君子的笑颜，不禁神往。

然而最开始的愿望在年月里渐渐稀薄，平楚音信渐沓。

木村渐渐记不起他清朗的模样，看着因私心挽留下来的一凝，不由觉得恍惚。

一凝的存在变成另一种相伴了。都是安静的人，在藏馆里出入，亦师亦友，彼此并不照顾，却又隐隐觉出留恋来。

木村发现一凝其实兴趣很广泛，除了与管理藏馆有关的民俗民情的知识外，她经常会浏览各种稀奇古怪的网站，凝神思索。

为了考证一事一物的由来，执著地看书，跑到遥远的小村落问年长的妇人。

有时坐着想着欣然有得，便会喜滋滋地笑，拍拍他的肩，或是主动下厨做中国菜。

曾在粤生活多年，粤菜的华丽鲜美清淡如宋词般错落有致，难以忘怀。一凝深受影响。

但一凝做菜又有自己的特点，调味品只有盐油几样，做出的菜却也可口。

而且很有卖相。

四四方方的嫩豆腐用勺子在中间挖一个洞，轻轻填上香菇肉馅，蒸熟了再以一根根竹签顶起切得薄薄的果片，美其名曰"望香亭"。

木村在厨间弃置的菜头菜梗，一凝用小刀削去皮，再切出一片片圆圆的绿来，堆叠在一起，用小陶碗盛蘸料佐着吃，唤作"叠翠"。

木村喜吃鱼生，一凝则将鱼去骨切成小片，卷成樱花的形状，上面撒以花瓣，辣椒末，称之"落英缤纷"。

木村喜欢听一凝自得其乐胡说八道，时日光阴变得舒缓悠长。

渐渐发现一凝眉目间有安详。举手投足泰然自若，仿佛在尘世多年，如今才安稳下来。

木村不知原委，但心里亦有欢喜。

无欲则刚。爱欲至烈，熔化毁灭后，变成岩石般的冷。

忘却爱情，生活物质的情味扑面而来，可亲可究，可品可赏。而且安全。

一凝兴味盎然。

有一段时间研究布纹，拿着放大镜把藏馆的每块布片经纬都观察个够，又收集了许多民族绣片研究针法用色图案，把沈从文编著的《中国古代服饰研究》翻了又翻，徜徉在自殷商至清朝三四千年间各个朝代的服饰文化中，废寝忘食。

那样的勤奋竟是无目的的，只是喜欢。

木村让她写点随笔札记，兴许能找朋友出版一下。

然而一凝只是品而不作，所得所悟在心里回味，只给木村一双思索中迷茫的笑眼。

木村眼力好，总能在民间淘到良品，藏馆的生意虽不多，但每一宗都令人满意。

一凝获的酬劳却总是不变，微薄，仅够生活。木村固执地等她主动提出要加人工，她总不说。

那座两层的房子却住得自在。虽然仍不是家。

她是随遇而安的，像羁留在河川里的朽木，自顾自长出绿绿的野草来。

不觉间又是一年三月三,日本的偶人节,又称为女儿节或桃花节,源于中国古代的上巳节。

中国周代上巳节流行水滨祓禊之俗,天子指定专职的女性神职人员掌管此事,《周礼·春官·女巫》曰:"女巫岁时祓除衅浴。"

所谓"衅浴"就是以香薰草药之汤沐浴,去秽除厄。

在周代这个带有理想和浪漫色彩的时代,这个诗画一般美丽的节日雏形初塑。

然而汉代时则演变为文人雅士在河边咏诗、饮酒,享受湖光春色的风雅活动。

历史上最出名的一次曲水流觞记载,是王羲之、谢安等人的兰亭修禊活动。

《兰亭集序》就是王羲之为这些诗所写的序,由此诞生了天下第一行书。

这一节日很早就流传到日本。

平安时代,日本贵族中女性尤其是少女们非常流行赏玩偶人,她们按抚偶人身体,然后把偶人和供物摆在用草编的织物上,再把它们一同放入水中任其漂走,连同疾病和灾难。

流光飞逝,偶人节如今在日本被赋予了更多的蕴意。

在日本有女孩子的家庭,会买上一套木偶娃娃。每年的二月中旬,人们就早早地把俏人摆置出来,寄希望于女儿能早一些找到如意郎君。

这天清晨,一凝一醒来就闻到一阵桃花的清香。

睁开眼睛看到窗前的水瓶供着一枝红桃，在晨光中格外娇艳。

水瓶下立着一排木做的小偶人，穿着盛装。有赤、褚、绿、紫、黄各色。

披衣行近，发现偶人下有一纸笺，是木村的笔迹：

"拂晓的别离，偶人们，岂知哉。"

"根深蒂固，女子的欲望——野紫罗兰。"

"再睡一觉，直到百年，杨柳树。"

——加贺之千代

加贺之千代是松尾芭蕉的女弟子，她的诗率直澄澈，在那个时代，想来是旗帜鲜明，惊世骇俗的。

她五十二岁时落发为尼，她的俳句让人窥见千代成为尼姑前的爱之苦，成为尼姑后仍尘缘不绝。

不知木村用意何在。

也许只是一种平常的祝福。

一凝走下阁楼，不见人。矮墙外有一行少女身着鲜艳的和服，笑语嘤嘤地向不远处的集会走去。日间应有游行活动。

一凝动了心思便草草梳洗溜到街上来，尾随着游行的队伍瞎逛。在高鬟华服碎步香风中，感受女儿的情致。心里怀缅的，却是中国上古时代的水之灵韵。

回来时月已上梢，院子里静悄悄的。

木村早已回来，在厢房里喝茶，窗里透出一抹黄晕。略为迟疑，一凝亦走了进去。

"谢谢你的桃花，嗯，还有偶人，很可爱。"

"喝茶吧，新茶。"木村取过另一只杯，斟了半杯。

这套茶具是一壶两杯，壶上有藤的手柄，其余是手工做的粗瓷，上釉时仿佛是随意涂抹的，余下的地方显出陶的本色来，粗糙质朴，有泥土的芬芳。

杯下有托碟，扁扁的叶状，不规则，略泛青色，叶柄弯回头形成环状，刚好穿过手指。

茶是碧螺春，闻着有花香果味，头酌色淡、幽香、鲜雅，渐酌色翠，齿芬，满口余甘。

半晌，"一凝，找个人吧。"木村略有拘谨，毕竟年轻。而且平日里谈话从不涉及感情。

"你，你，为什么不找？"语气虽镇定，不安却像滴落水里的墨汁般弥漫开去。

"我，我是不同的。"低得几乎听不到。

"我，也是。嗯，你要辞退我么？"一凝忽然觉得茶有些凉。

轻轻把杯子放回几上。

"不，只是。你看了俳句么？"木村转头看窗外月色。

"明知爱之苦，欲望却如野紫罗兰般自然蔓延，就算剪断一头烦丝，仍寄语相爱的人，百年后杨柳仍青青。千代尼如此，你又怎能看破？"

木村用日语说的这段话，一凝却听得明了。

不能言语。

"一时的平静过后，新的欲望仍会弥生。世有四季，从希冀到灭寂，这是必经之途，周而轮回，不能休止。"木村又说。

一凝只得轻轻应是。心里有一种惘惘之感。

木村泼去旧茶，另泡新茗。不多时，茶烟袅袅。

　　窗外一弦新月，隔着茶烟恍恍惚惚。令人有不知今夕是何年之感。

　　"马上沉眠，梦残、月远、茶烟。"

　　木村低吟，想来又是松尾芭蕉的俳句了。

　　夜深，两下散去各各沉眠。

　　后来亦不再提起。一凝有时忆起，也要怀疑是否真有此夜。

　　只是那缭绕的清香，水中森林般的细叶，又历历在目。

Chapter 19 ▌凤凰

那些曾经在贫穷中优雅的部分

荡然无存

浮躁的现世

只有贫乏

那一年并不太平。

天灾人祸，成千上万的人在瞬间离去。

在生命面前，所有的东西都显得苍白虚无。

巨大的废墟剪断了无数人的尾巴，绮丽或平庸，戛然而止。地核深处的撕裂像一个巨大的伤口，诉说着它按捺不住的狂躁。

人于是渺小。回归尘土。温热的躯体分崩离析，冷的灰粒弥天漫地。重返洪荒。

找不到流泪的姿态。

及至年末，又是金融海啸。

一时间，静好岁月不再。

牛年的脚步却不徐不疾而来。时间最是沉稳，一晨一暮，从容不迫交迭。

无视世情。

那年一凝已经三十六岁了。眼睛仍是清澈。

日本从明治天皇时期就通过立法废止了春节，日本人以元旦作为法定的新年。

元旦过后，木村就去了一个遥远的小国收集、交易藏品。

在风暴中为了维持整个藏馆的运作，木村只得另辟蹊径，不放过任何机会。

看他皱眉离去，一凝站在矮墙前久久不动。

樱花还未来，墙角的野草仍未萌发。早春的雨却密密斜织。

大破坏的风雨下，桃源何觅。东京一隅的偏安，只不过是竹纸伞样的荫庇罢了。

怔然中，丝丝寒冷在脸上纵横交错。

一个人窝在阁楼上，躲在网络里看别人的旅行图片。

未几便看到了那个小镇。凤凰。

"为了你，这座古城已等了千年！"煽情的广告语在一凝眼里是那样吊诡。

一种异样的感觉在心里弥漫开来，熟悉而又惊心。

凤凰？如一团雾骤然聚拢，浓黑成墨，又化作水，倾盘而下。

终又记起了。

"香炉闲袅凤凰儿。空持罗带，回首恨依依。"李煜的临江仙，还有旁边那两个反复凌乱的字。

父亲黑的墨迹龙飞凤舞。"凤凰"于父亲是温柔的缱绻，还是惨痛的浩劫？

一时呆在那里了。

很早就知道凤凰。却从没想过与父亲有什么纠葛。

凤凰是那人的故乡，《边城》，沈从文。

位于湘西沱江之畔，古称镇竿，入民国后，改名凤凰县。

相较起来，一凝更喜欢镇竿二字。

"撑一支长篙，向青草更青处漫溯，满载一船星辉，在星辉斑斓里放歌。"

总觉得徐志摩这诗写得更像是中国的一个小镇，有水环绕，有船有竿。

有"烟消日出不见人，欸乃一声山水绿。"的意趣。

网上的图片烟雨凄迷，细脚伶丁的吊脚楼灰蒙蒙的，深黑的瓦顶，如年月里老者沉默的皱脸，沧桑无言，故事却分明一刀刀刻下。

决意去凤凰过春节。

一解莫名的乡愁。

在电话里征得木村同意，便关了馆门，只身回国。

临走前向皓拜了个早年。电话那端，有孩子的笑闹声。

那年在流云上的相遇蓦然涌上心来。

皓在一凝心里，仍是那个少年郎。同在东京，却互不相扰，节日里有电话问候。

偶尔邮筒里有精美的信封，里面却是吉子做的书笺。或枫叶或布艺，优雅素净。

皓未必深爱吉子，但仍是幸福的。

丽的决断成全了两人的平静。生活的智慧在于节制，点到为止。

酣畅淋漓的是泼墨山水，长卷，裱起来亦能千古。爱情却不能如此。

一凝没有丽与皓的自持，爱情于她不亚于惊涛骇浪，只能远离。

电话里皓的声音不再稚气，清朗之外分明有中年男子的稳重。

知道一凝回国，便要托她捎带礼品给父母。

顿了顿缓缓地说："姐啊，不如回去。"

一凝一怔，即时会意。眼看一凝心如止水，在光阴里与富士山相望，年年樱花开了又落，皓不免觉得怜悯。

"回去"，无非就是找个男人来爱，对爱情俯首听命，为刹那甘甜倍嚼无尽苦楚。

终究惊心。

匆匆放下礼品顾不上客套一凝便离开皓家。

皓的母亲老了许多，眉目慈善，不再记得她。

又一路小跑追到花园里要塞利是给一凝。紧紧握着她的手，不断问皓的情况。

凝神看着一凝的眼，仿佛要从眼眸里看出皓的身影来。其实伊每年都要去几回日本的，却仍觉不够，当年的主意不知是否会后悔。

一凝逃出来时，想起了母亲，媚。

媚在她记忆中仍是年轻时高大美丽的样子，至于那年的重逢竟是可以忽略的。

她给了她凄楚，亦给了她自由。若是真的在一起，恐怕也只有失望。

虽然她们应是爱着彼此的。

大年三十回到平楚的城市，傍晚在火车站出发。

只消十四个小时便达张家界。在张家界稍作逗留便奔凤凰。

火车站的钟楼下是熙熙攘攘的人群，每个人脸上都写着回家的字样。

一凝是没有家的。

便没有世俗的牵绊。

时间还早，一凝并不急着进站。

铁栅栏外有买不到或买不起车票的民工。一家人蜷在角落里，地上铺着报纸，一张破棉被。小婴孩通红着脸，亮而无神的眼眸看着路灯下喜庆的灯笼。

远处的墙上有两城一家的广告。葛优那养优处尊的脸上洋溢着幸福的笑容。

"回家是福，让祝福满格。"

大喇叭里喊着"最末一班车在19：56分进站，不是今天的乘客请离开站台。"

维持秩序的工作人员一边给家人发着短信嘴里一边嘟囔着"妈的，今天还这么多人！"

在"这么多人"里也有一凝。

对于某个个体而言，大多的群体是面目模糊且毫不相干的。

他们像蝼蚁般被驱赶到指定的位置，像疑犯般憋屈地接受安检，又像货物般毫不优雅地运载到各地去。

一凝信步走到一个关闭的保安亭前。门前有一张破木椅，椅背早已断裂无踪，椅面斑驳，看得出曾经刷过白漆。

一凝坐了下来，远处天边显出蓝灰与褚红的暮色来。

这是平楚的城市，过去他们曾无数次在这样的暮色里相偎。

如今近在咫尺，亦遥似天涯。

一凝想起皓的话："姐，不如回去。"

他却不知，一回头已百年身。

身后物是人非。

亦只有空芜。

大年初一抵达张家界,山上下了小雪。

缆车一路上升,白了头的群峰在云雾缭绕之中彼此相望。几亿年前紧密相连的大地,在地质运动中渐渐隆起崩塌分离。有的一峰孤立,有的并肩相携,千峰万仞,沉默不语。

再过几亿年,当基座被蚀尽,终归还会掉落到一起的吧。再相遇。

无非如此。我们都源自尘土。

在天生桥上往下望,三百多米的深谷。

有树林,玉叶琼枝。茫茫一色。

桥乃天生,当日的洪流将身下的岩石冲击毁灭,它固执地不肯离去。

两峰遂相牵。

感天动地。

桥那端有小店卖锁。长长的锁扣,锁身或双心状或圆形或方正,皆锲刻着美好的祝语。

游人们买来锁在崖边的铁链上,心里的愿望便有了归宿,在风雨雪霜里锈蚀。

一凝并没有心愿。

经得起如此高悬。

游罢袁家界过天子山,坐索道下山,走十里画廊。

一凝叔叔擅长画国画,从小看着那些披麻皴斧劈皴下淡雅奇峻的峰峦,一凝总觉是仙山,人间是不能窥探的。不想今日就在眼前。

峰林林立，形态万千，云雾是等闲的，如临仙境。

叔叔画的又有不同，更像是桂林山水，近景总喜画一簇凤尾竹，竹底下露出渔船的一角来。

叔叔是虽易亲近亦易疏冷的人。

一凝在叔叔那里，也只住了几年。

隐约知道祖父是做生意的。先前曾阔过。但几个儿子不是舞文就是弄墨，只有父亲还走南闯北倒腾些生意，亦大不如前了。而且父亲是喜欢写新体诗的，这又令祖父极其郁闷了。

第二天下午就告别张家界，直向凤凰。

一路山路蜿蜒，盘旋颠簸。只见烟村河流，小桥人家。

开往吉首的路上，赫然看到几座古老的土家族木楼，一凝几乎惊呼。

优美的弧线，小巧的栏杆，精美的木窗，十几根粗圆的木柱支起房子。纯粹的木色。

廊上有人家晾的斑斓的衣服。非常原生态。

只是不在旅游区内，想必得不到应有的保护。

这样的木房子已寥寥无几，人们迫不及待地抛弃几千年审美凝结的心血，在沿途仓促隆起更多的丑陋的砖房，水泥房子。喜气地在门槛上贴着春联。若无其事地在门口不远处，堆起小山似的垃圾。

那些曾经在贫穷中优雅的部分，荡然无存。浮躁的现世，只有贫乏。

到芙蓉镇的时候已是暮霭沉沉。

吃了装在竹篓里的米饭继续赶路。

天渐渐黑了，车在山腰上奔跑，看得见山脚下的人家，星点的灯火。

夜间白亮的水道。

那样的生活想必是寂寞的，但是梦里却有山野的气息，也是富足的。

过了吉首车站，直奔镇竿。

路边有"奇梁洞"的标识，地面渐平，两边是平坦的田地。

车忽然停下来了。往前方一看，塞车了。

半晌，陆续传来消息。

原来前方车祸撞死人了，肇事司机逃逸，湘民剽悍，全村手拿棍棒出动，把路堵得水泄不通。

警车来了也无济于事。

又有人燃起火堆，祭奠亡灵，一时群情激昂。

两边车辆欲要绕过去，均被喝令制止。并声称不放走任何一个路人。

这一闹不知要到几时，而此地距凤凰不过十来分钟车程。

旅客们最后决定弃车徒步进古城。

由有经验的人做领队在路边的田间穿行，其他人化整为零，远远跟随，绕开前边的人群再上公路。

有这种想法的不止这一车人，田陇上已陆续有人悄悄走过。

一凝背着背囊走进夜的黑暗里。

寒风凛冽，加上紧张害怕，一凝可以听到自己牙齿打架的声音。

双腿似灌了铅，越急越走不动。身边不断有人越过。

又怕被村民发觉，双腿发颤。走到火堆边的田陇上时，一凝感到火光映在脸上，无处藏匿。心里愈发不安，一个趔趄，整个人眼看就要摔下去。

一只大手骤然从后边扶住了她，另一只大手迅速捂住了一凝的嘴巴。

双手温软却有力，又有烟草的刺鼻味道。待放开，一凝差不多要窒息了。

不敢回头，匆匆走过，前方又是寂黑，人隐在其中，却分明安全了。

那人不徐不疾地跟在后边。

有人已跳上公路。人声也开始喧哗放松。

一凝忍不住回头看那人。

两下都呆住了。

是一望。那个有刀疤的男人。

胸前仍吊着绿翡翠，长发却剪了，身上竟穿着苗家的衣裳。

肩上驮着个大布袋子，不知装的是什么。

一望拉着一凝的手上了公路。

夜的黑在男人大手的温热中淡化了。

一凝有恍如隔世的感觉。

一路无话。

便到了凤凰。

只见是个普通的县城样子，两排水泥瓷砖房子，只是房顶上有簇新的马头墙。

路边的灯柱上挂着"党员样板路"的字样。

一凝不由得看看一望。

一望松开手，只低头赶路。

前方是南华门，走近便听到潺潺水声。

顺阶而下，绕过几道木桥，抬头一看，古城的夜色扑面而来。

大概是春节吧，家家都挂了灯笼拉了彩灯，灯火映在江面上，潋滟华美。

沱江清浅，两岸吊脚楼并不若土家族的木楼般精美，临江的一面伸出阳台，下面有细细的木柱斜斜地支撑。江边有矮篷船。

因为水，因为山，因为木，因为黑的瓦鳞次栉比，所以也有了婉约的美。

凤凰是历代的军事要地，镇筸军以剽悍骁勇闻名。

竟孕育出这样柔媚的小城。

一凝随着一望走过一道弯曲的木桥，来到对岸，沿着江岸的石板路往下游走。

一路都是关了门的店铺，以卖姜糖的居多，又有许多酒吧客栈。

一望在一间客栈前停了下来。

三层的旧木房子，看上去也收拾得整洁，木板上刷着清漆。房前一棵柳树，只剩光的枝杈，门外一块木牌，写着住宿的价格，50元到150元不等。倒也便宜。

然而一凝惊诧地看到一望拿出钥匙，哐当一旋，门开了，露出狭长的木梯来。

"欢迎光临。"一望笑了。"你不怪我把你截来这里下榻吧。"

"不，很好。"这是真话。

一望选了临江的一间小房给一凝。有大大的木窗。

风景很好，可以看到江边的水车，对面有古老的城墙。

城墙下几个年轻人正在放孔明灯。

鲜红的纸灯如火焰一般冉冉升起，随风飘到遥远的夜空去了。

一望端来米饭和南瓜，熏肉辣椒，一瓶米酒。

窗前的小方桌，上面铺着蓝色的蜡染桌布。两张矮木凳。

一望打了声招呼，径自吃起来。一凝只得也坐下来吃。

末了泡茶。是茉莉花茶。一阵清香令一凝的疲惫顿消。

两人站在窗前迎风。有寒意。

窗下的石板堤上，不知什么时候来了个苗家阿婆在卖许愿灯，红红粉粉的彩纸折成心形花形，点缀上丝带蝴蝶结，中间一小截蜡烛。

点亮了许个愿，再顺水漂去，江上便漂满了愿望。

一凝想起日本的许愿牌，不禁一笑。

漂到远处的灯，蜡烛燃尽纸亦湿透，遂沉到江里。兴许会冒上一串泡泡，渺然无踪。

一凝想问他"一一"的事，看他沉默，终是不提。两下道了晚安。

天亮的时候一凝看到凤凰最美的一幕。

清澈的江水哗哗流下，两边的人家已出来活动。江上有竹排，穿着红衣裙苗人衣服的妇女在放歌。

苗家阿伯背着竹篓在江上狭窄的木桥上稳稳走过。

苗家阿婆银饰摊亮晶晶的一片。

两岸的吊脚楼打开了窗户，远山翠黛，有云雾。

那是记忆中远逝的生活。

柳树底下穿着蓝色布衣蹲着的是一望，衣服上有红绿的绣花。

一凝想起他在"一一"时尚的样子不禁好笑。

一凝走下楼去，坐在一望身边的石板上。

有晨光洒下，一望胸前的绿翡又散出澄澈的光来。

一凝伸手抚摸它，滑润，有凉意。

看她好奇的样子。一望缓缓告诉她一个故事。

那年沱江岸边有个苗人女子，十多岁失去双亲，为人泼辣，独自谋生养活年迈的祖母。

女子歌甜且一手好绣艺，前来对歌的男子不少。女子就是不动心。

一晃女子就过了二十五，苗人早婚，多数二十岁前婚嫁，女子却若无其事，每日里劳作顶得上一个男子，依然唱着美妙的歌。

直到那年岸边的船上来了个商人，带着一批货物，原是从广东进货到长沙去，却一路玩玩停停，听别人说起镇竿这个好地方，又折道而来，一住就是几天。

男人生得儒雅，干净。住在船上，晨起会坐在船头看书。看到忘情处会高声吟诵。

女子撑竿而过，歌声日日转来，男人不禁被吸引，只觉那女子身上有一种山野般的自然健康气息。

女子何尝没发现这位翩翩少年郎。白衬衫，卷着衣袖，皮肤略黑，手上戴着有一颗硕大的翡翠的戒指。举止神韵都与舞刀弄枪的苗家阿哥大不一样。

一来二去，两下都有了心思。

原来当地有个习俗，男女双方相中后，男方可以在入夜里由木楼翘起的栏边攀入房里与女子幽会。

男人得知苗人风俗后，便开始行动。

男人斯文，要爬那木楼不是轻易的事。女子心疼，最终从窗子里垂下粗麻绳。

爬上上木楼后，才发现祖传戒指上的翡翠已松动。

天亮男人把翡翠留下，坐船离开，只交代女人等他回来。

苗家阿雅爽快，倒也没有哭哭啼啼，在木窗里探出头来，挥挥手上的锦帕，窗"吱呀"一声就关上了。

女人花了几天工夫把翡翠镶在一直佩戴的银链上每日里戴着。

男人一去就是一年，女人没有哀怨，每日里照常照顾老人，在江上往来。

在秋天的一个夜里，祖母如落叶般逝去了。

女人没有落泪，在箱笼里从容拿出老人积攒了一生的饰物织锦穿上，选了山上一块面水的地方安葬。

冬天的一个夜里，下了雪，女人早早就睡了，忽然听到一阵孩子的啼哭声从楼下传来，不觉纳闷。

末了还是揭开木窗往下一望，只见树下蜷着个男孩，五六岁的样子。哭声渐微弱。

女人急急下楼抱了孩子回屋，那孩子冻成一坨奄奄一息，看上去不行了。

女人赶忙煮姜汤，灌苗药，给孩子捂上厚厚的被子，折腾半宿，硬是救活了孩子。

天亮时看，倒是个眉清目秀的男孩子。不喜说话，不知道自己的名字，女人亦不追问他的来历。

倒了水细细给他洗脸洗手，梳好头发，换了一身衣服。又喂他吃东西。

女人起身欲离开几步，那男孩竟急呼"妈——"，又伸手拉她的衣袖。眼里有恐惧。

女人回过头来笑笑。

"你就叫做一望吧。"

从此，一望就叫了女人做妈。跟着在船上讨生活。

江上也有人说闲话的，但女人置之不理。

第二年开春，那个男人回来了。

不到屋里偏到河岸边等，远远地看到女人撑着竿回来，喜不自禁。

不想岸上还有个小男孩，放声喊女人做"妈妈——"

女人竟也喜滋滋地应着"哎——"

男人一下子呆住了。

这一年来男人为了说服家里答应与苗家女子结缘绞尽脑汁。老父只提出一个要求，一年内不能相见，若一年后还愿意在一起，就不再阻拦。

男人备受煎熬。终能成行。

没想到原只是个笑话，谎言……心里痛得只剩下空白。

远远地女人看到男人来了，还是那身白衬衣，还是那般风流倜傥。

女人忽然觉得满堤的柳叶都绿得耀眼。胸前挂着的翡翠如同清澈的目光流转，散出异彩。撑竿的手不由得急切起来。那并不宽的沱江水一下子变得遥远。

没想到却看到男人一个转身木木地奔走，从那跳岩上跳跃而去，再也呼不转。

须臾消失在对岸。

一望看着女人失魂落魄的样子，急得跳到水里，哗哗游到船边，爬到船上。

"妈，你怎么啦？"一望抱着女子的腿摇晃着。

冷不防女人用力一推，竹竿的尖锐在一望脸上一掠而过，一阵刺痛。

伤口不深，然而鲜血倏地渗了出来。热热地淌在脸上，一望呆住了。

女人跌坐在船上。却没有流泪。

等到一望脸上的伤疤化作一道细细的白痕的时候，女人已经离开，再也不在凤凰出现。

那一年一望才七岁，守着女人的竹楼不舍离去，在风雨中竟也长大了。

女人不再回来。女人临走的时候留下了翡翠银链，没有只言片语。

一望倒也勤快聪明，先是跟其他的苗人阿叔学做银饰，又学了不少手艺挣了些钱。

在凤凰一等等了二十年。

最后绝望地四处漂泊，在"一一"的日子里，在百无聊赖地做银饰的时光中，怀缅"妈妈"。

千回百转，最终还是回来了。开了这间客栈。临江仙。

起名临江仙是因为那张纸。

妈妈不认得几个字，却有一张发黄的纸压在枕下：

临江仙
李煜

樱桃落尽春归去，蝶翻轻粉双飞。

子规啼月小楼西。玉钩罗幕，惆怅暮烟垂。

别巷寂寥人散后，望残烟草低迷。

香炉闲袅凤凰儿。空持罗带，回首恨依依。

一凝听到这里不由得心一动。

想起父亲的笔记本。

也有同样的词句。

"回首恨依依。"爱情之痛可与李煜的亡国之哀堪比。

正怔然间，没想到一望忽然奋力一扯银链，链子从中断开，翡翠"啪"地落到石板上，滴溜溜地打着转。

"如果没有他，我和妈妈还会在一起。"一望眼里弥漫起水雾。

一凝轻轻捡起翡翠，银色的底托是一圈精巧的花瓣，花瓣上有细细密密的纹线，每一根都是思念吧。那样倔犟的女子，什么也不说，不流泪，但爱却密密地织在这银的花托上了。

一凝随手往后一翻。

"仲秋"。深深地刻着两个歪歪斜斜的汉字。

仲秋。

竟是仲秋。一凝的泪水急急坠下。在石板上溅出花来。

父亲。父亲。

原来父亲是那个痴情的男人。那个绝望的男人。

忽然明白。

当年与苗家女子分别时但见"别巷寂寥"，"烟草低迷"，空持玉人罗带，别恨依依。

留下此词。再见时阴差阳错，了却父亲一世情缘，此后夜夜"子规啼月"。

他们都不说。不堪回首的记忆。

父亲从凤凰回去后，整个心已被抽去，接受了爷爷的安排，与同样也是被抽了心的母亲结婚，匆匆有了一凝。

但母亲还是去寻觅自己的爱去了。

父亲想必是在抑郁中离去的。离开那个"樱桃落尽春归去"的寂寞人世。

一凝的名字是叔叔起的，看上去与一望倒像是一对。

叔叔说一凝从小就不哭不闹，安安静静地，似乎一无所求。

那样沉默不哭的女娃娃，勾不起父母一点儿的留恋。他们在人世里草草一眼，便联袂而去，一个是浪迹天涯，一个是撒手仙游。

所谓亲情于这娃娃也只有一凝间淡薄的记忆。不会牵挂没有留恋不曾徘徊。

爱情是至坚至硬至残酷的代名词。

……

Chapter 20　▌羽田

忽然想

也许一直这样子也是可以的

这种想法对自己而言既陌生又惊异

但好像也并不排斥

眼里便有惘惘的光

美国次贷危机引发的全球金融风暴，日本首当其冲。

平楚在日本的资金瞬间缩水，国内的企业也险象环生。

平楚和蔚不眠不休，殚精竭虑，但仍无法力挽狂澜。虽然公司不至于遭受灭顶之灾，但亦元气大损。在这样的大环境里，没有人可以独善其身。

春节过后，平楚就亲自直奔日本。

走出成田机场，日本的天空蓝得那么熟悉，空气中有濡湿的味道。阔别多年，一丝惆怅如云，散散漫漫地飘来却无法聚拢，又薄薄地淡开了。

距离那次来日本，好几年过去了。

平楚是不惯于回首的人，人生于他是一路高昂向前的歌。

他从不悲观、怀旧。更不会怀疑、绝望。

他降生的那年中国第一次参加了亚运会，获得 33 块金牌。

他十岁那年，射击运动员许海峰在美国洛杉矶举行的第 23 届奥运会上为中国获得奥运会第 1 枚金牌。

他三十岁那年，自己创建的公司成功上市。

在平楚的经验里，世界是一天天向前进的，只要你付出努力，安稳快乐唾手可得。

女人于平楚，是太平盛世里的花团锦簇。装点升平。

什么是爱情，爱情是男人脖子上的领带，从功能上看纯属无用。但却与成功的男人形影相随，而且每天的花色都是在变化的。前提是你必须成功，这是做男人的基本常识。

金融风暴是危机，也是机遇。

平楚感觉到沉静了几年的心忽然活泛起来，他是愈挫愈勇的人。

他让蔚什么也不想，好好休息，而自己却蓬松开羽翼要搏击长空了。

来接的车还未到，空气中恍恍惚惚有樱花的香味，举目四顾，又分明看不到那花的倩影。

有些久远的记忆瞬间涌起。男人在豪气中忽然泛起柔情。

平楚犹豫了一下，还是拨通了那个电话。

"莫西莫西。"木村的语调轻柔，接近呢喃。

"我是平楚。你好吗？她——还在吗？"那个古怪的女人不知如何了，平楚眼前蓦然闪过那晚女人的笑靥。送机的时候，女人是喝醉了的，靠在木村的臂上。

没有离愁别绪，眼曳斜着，脸异样的娇艳，美丽中很有些玩世不恭的样子，这样子的女人是陌生的。

平楚竟然发现自己似乎从未认识过她。

心里不免有些悲怆。

在岁月里淡漠，是情理之中的事。一开始这就是一凝的选择，平楚心里是坦然的。

女人也没有再找他。

她是冰雪聪明的。

如果此番能再见，亦只是故友了。

电话那头，木村陷入了沉默。

木村刚从一个遥远的小国回来，那里还没有被开发成旅游胜地，本土还保存着大量珍贵的物品，年代虽不久远，但都很有升值的潜质。

始展眉。

回来也就几天，每日里在院落里擦拭这个，晒晾那个，没有生命的物质给了他生命里最妙不可言的快感。

有悖于世俗的性取向不能让木村坦然地接受爱情的甜蜜或悲酸，那么至少还有它。

父亲的藏馆隐匿了他所有的茫然无措，他几乎是快乐的。

岁月如能安稳，虽隐忍亦有它的静美。

平楚的声音穿透了他心底最私密的一块柔软之地。

而那块地尘封已久。锁已上，钥匙已丢。

平楚猝不及防地进入让木村有刹那间难以招架的刺痛感。

"哦，还在，都好。"良久，木村才吐出了几个字。

"有时间就聚聚吧。"平楚感受到那份疏离，但仍是不以为意的。

在他的世界里，没有不可接近的角落。

"好。一定。"

犹豫片刻平楚再次问起，"她真的好吗？"

她真的好吗？

木村想起，从凤凰回来，一凝经常会写信。

寄给一个叫一望的男人。在没有人写信的年代里，一凝奢侈地在木村搜罗回来的昭和年间的精美信笺上写字。

信笺是泛黄的，想必那种思绪也是泛黄的，如中国清丽的明清小令。

一凝的手腕上多了个精美的银制镯子，极其繁复的工艺，在细细扁扁的一圈上精雕细琢，又有一排小的铃铛如流苏般缀在镯边，走起路来，有环佩叮当的古典趣味。

春夜里洗了澡，穿一件从凤凰带回来的宽松的蜡染布衣，脚下一双有苗家刺绣的软布鞋。

木村差点想把她弄到藏馆的一角，让她坐在木椅上，打上射灯出展。

"一望，一凝。"木村猜那是她失散已久的哥哥。

木村并不问，只是看到一凝脸上有了期待有了牵挂。甚至有了喜气。

木村又想起每天早晨，一凝早早就起床了，拿着竹枝扫帚清扫院落。

提着满满一桶水浇花木。

嘴里哼着不知所云的粤语小曲，像一个寻常的妇人。

一凝好吗？木村不知。

嘴里仍是应着："她很好。"

平楚想了想："这些年，谢谢你的照顾。"

木村顿了顿，不知从何说起。

一开始的私心到后来的依恋到如今的唇齿相依，一凝已成为家人了。

倒是缘起的平楚，在他和一凝心里各各散去，尘土流水，归于身后。

其实平楚亦不免要猜度木村与一凝。这么多年，朝夕相处，难免会擦出火花。

但是木村的波澜不惊又让他觉得自己所想荒谬。何况，像一凝那样的女子又怎么会爱上一个人呢。她是没有心的异星人。不要爱情与婚姻。

平楚还想说点什么，却看到接他的汽车来了。

金融风暴的铁马金戈铿锵之声顿时又在脑里响起。男性战场上的号角昂然吹起。

平楚马上道别，合上电话，绝尘而去。

柔情也不过一瞬之间。

平楚发挥了他一贯的聪明才智，在全球企业哀鸿遍野的当儿，不走寻常路，凭借敏锐的嗅觉和坚强的意志逆市而上。企图再度笑傲江湖。

夜深的时候，审时度势，盘亘在脑里的是没完没了的算计。隼利的眼神沉静地看着电脑屏幕，在数字飞迭中感受穿越波谷浪峰般的快感。

女人是什么，是路边的樱花树，闻过香赏过色，在凋落一地时轻轻绕道，已是怜惜。

平楚是善良的，却不执著，硬要把自家院子变成樱花林，那是曹雪芹做的事。他对自己是满意的。

一望给一凝寄来了湘西的特产五溪鱼。

木村喜欢吃鱼，但多数是吃海鱼。一凝告诉他五溪鱼是清水鱼，肉嫩滑味道自然纯正，要比他平时吃的鱼要美味。

木村一高兴就考究起来。

一凝做好鱼后，他拿出珍藏的装鱼的古董方碟，细心盛上，又衬以鲜花草叶，看上去赏心悦目。

"你知道吗？李白有诗'杨花落尽子规啼，闻道龙标过五溪。我寄愁心与明月，随风直到夜郎西。'这五溪啊，指的就是雄、满、酉、舞、辰五溪，穿怀化入沅江，汇洞庭到长江而奔大海……"

一凝笑意盈盈，倒似乎吃的不是鱼，而是李太白的好诗了。

木村看一凝活泼的样子，便不提平楚来日本的事。

存心让她更开心些，便装着羡慕的样子问道："一望是你失散多年的哥哥吧，好哇，有了哥哥，以后便不理我了。"

一凝怔了怔，轻轻自问："哥哥？"

要是追溯起来，父亲倒是因一望而离开人世的，要恨要恼也是理所当然。

然而没有因一望引起的误会，父亲亦不会有与一凝母亲的短暂结缘，更莫谈有一凝的存在了。

莫非只是为了让她来人世一遭，便要伤透那么多人的心？

什么是因？什么是由？

"我说错了么？"看一凝神色怔忡，木村有些不安。

"不，确实是哥哥，失散多年。"一凝长长吁了口气。

一声"哥哥"让一凝明白了自己的情愫，一望在沱江边长久的守候里有亲人般的温暖，那样的古典情怀柔软了一凝。

父亲与苗家女子的相爱如年月久远的水墨画，爱情仍是模糊不清的泼墨意象，说不清道不明。为了刹那交错而香消玉殒的大手笔仍是带着血腥的狭隘的残酷。

透过一望胸前的绿翡让一凝感动的却是那种泛爱的坚持。

那是人性中更为温热柔美的姿态。

虽是春天，但寒意仍未散去。

吃鱼时木村端来温热的清酒，让一凝趁着热喝。

做饭时热，一凝把披肩扔在地板上。

木村顺便也拿了过来，披在一凝身上，又用心打了结，怕一凝不耐烦时它又滑落了。

驼色的羊毛披肩轻薄而软暖，一凝觉得非常舒服。

这是木村送给她的新年礼物。

打结的时候一凝看到木村的手指，长而白皙，指甲修得短而方正，上面透着粉红的肉色。干净健康的男子。

木村比一凝要小几岁，眼神总是很清澈。

那样的性情看不出是日本男人。也许因为是那个的缘故。

一凝想起江国香织的《一闪一闪亮晶晶》。

精神病患者笑子与同性恋睦月、阿甘的故事。

不知道为什么精神有毛病的人都是善良的人。

笑子是，村上春树笔下的直子也是。

三个善良的人的爱。也许没有出路，也许注定绝望，但是绝对美丽。

一凝一直记得书中的笑子说过的有关银狮子的传说。

有一种银色毛的狮子，由于颜色的差异，无法融入同伴。它们是食草动物，寿命很短，而且总是被欺负，所以大多银狮子很快就死去了。这些狮子立在岩石上时，随风飘动的鬃毛银光闪闪，非常美丽……它们都是银狮子。

木村也是银狮子。一凝很早就知道了。

是在樱花树下的那一天，一凝还记得。木村看着平楚的眼神她一辈子都无法忘记。

凄楚，绝望，又眷恋。

她当时就被震撼了。

但即使是那样隐忍的爱情，也一定会有烟消云散的一天。

他应该是淡忘了吧。

看着木村俯身为自己专注地打结的动作，一凝有奇妙的愉快。

"过几天我们去北海道看雪好吗？"看着电视里的新闻一凝忽然说。

木村有一刹那的诧异，但也想不出什么不去的理由。便答应了。

一凝笑得格外开心。

还有几年就要到四十岁的一凝笑起来眼角有细细的皱纹。

但还是美丽的。

看着她笑，木村又想起早些日子来东京的平楚。

不知为什么隐约有些不安。

"她还好吗？"平楚的话里透着久违的关心，一如当初，难道平楚要把她带走吗？

夜里辗转反侧，又想着要去北海道的事。恍恍惚惚，竟一夜未眠。

在羽田机场等机，木村拉着一凝的手。又检查她带的行李有无遗漏。

在南方长大的一凝总是很喜欢看大雪。喜欢在没有人迹的雪地里行走，"咯吱吱"，"咯吱吱"。一凝说那是一朵雪花与另一朵雪花之间拥抱的声音。

木村觉得她的想法总是很古怪，但是又喜欢听她说话。

有时一凝高兴起来会说粤语，木村一点都听不懂。她会笑眯眯地用粤语骂他。那样子像是在说表示感谢。

于是木村认真地说："别客气！"

一凝便乐得咮咮直笑。

时间还早，一凝拉着木村在机场里胡转。

一群人从机场另一边走过来，看样子是刚下机的。

木村下意识用手护着一凝，不让人群碰到。

一个男人匆匆在他们身边走过。穿着黑色的西装。

木村和一凝连忙往旁边一闪，便错肩而过。

三个人的目光分明碰触到了，又浑然不觉。像是千万人中的一瞥，焦距落在脸的前方。

那个男人是平楚。

平楚从东京去了趟上海，又从上海虹桥过来。局势渐渐明朗，他踌躇满志。

他的目光在一凝脸上扫过的时候，心里想着的是此番融资成功，下一步如何卷土重来的事。脸上不免有喜色。

木村目光落在平楚脸上的时候，正拥着一凝靠在一边。一凝的发丝轻轻地抚着他的脸，如纤细的手指。木村心里竟然一动。

忽然想，也许一直这样子也是可以的。

这种想法对自己而言既陌生而又惊异，但好像也并不排斥。

眼睛里便有惘惘的光。

一凝满心欢喜地想着北海道的雪，回忆起春节时在张家界山顶，扑面而来的细冷。

一个人。

不由得握住了木村的手。

窗那边可看到有飞机呼啸而起，像大鹏展翅，桀骜不驯。

眼前有个男人挡住了视线，一凝目光在他脸上掠过，头一偏，那大鸟又出现在眼前。

天空很蓝。

……

图书在版编目（ＣＩＰ）数据

爱情号外 / 陈翠著. -- 北京 ：新星出版社,2012.1
ISBN 978-7-5133-0416-0

Ⅰ. ①爱… Ⅱ. ①陈… Ⅲ. ①长篇小说－中国－当代
Ⅳ. ①I247.5

中国版本图书馆CIP数据核字(2011)第207028号

爱情号外

陈翠 著

责任编辑：李梓若
责任印制：韦 舰
装帧设计：梦想派

出版发行：新星出版社
出 版 人：谢 刚
社　　址：北京市西城区车公庄大街丙3号楼　100044
网　　址：www.newstarpress.com
电　　话：010-88310888
传　　真：010-88310899
法律顾问：北京市大成律师事务所

读者服务：010-88310800　service@newstarpress.com
邮购地址：北京市西城区车公庄大街丙3号楼　100044

印　　刷：北京市雅迪彩色印刷有限公司
开　　本：787×1092　1/32
印　　张：7
字　　数：140千字
版　　次：2012年1月第一版　2012年1月第一次印刷
书　　号：ISBN 978-7-5133-0416-0
定　　价：24.00元
